KB253792

투구의 눈빛

투구의 눈빛

〈이음새〉 에세이문학회 일곱 번째 글모음

선우미디어

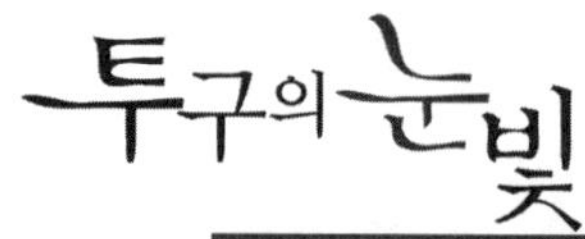

<이음새> 에세이문학회 일곱 번째 글모음

| 차례 |

■ 〈이음새〉 에세이문학회 동인지 발자취 —— 8

■ **축사**
김년균   한국문학사에 큰 기여가 있기를 —— 10
강석호   글쓰기는 인생 최대의 보람 —— 12

■ **초대 수필**
윤재천   가을의 출구 —— 15
이규희   유리창을 초록으로 물들여 주는 —— 17
정목일   꿈꾸는 자의 영원한 세상 —— 20

■ 〈이음새〉 에세이문학회 10주년 좌담회
이음새, 우리 문학 혼과 향으로 —— 23

이명재
글로써 좋은 인연을 이어가며 —— 38
산사나무 옆에서 —— 42

이웅재
모란시장 —— 46
미쳤군, 미쳤어 —— 50

구자숙
나의 길잡이 ____ 56
파이프 ____ 60

최찬희
거울 속 친구 ____ 64
새끼 고양이 ____ 67

김나경
무수 배챠 ____ 74
투구의 눈빛 ____ 78

육다휘
이음새 10년을 돌아보며 ____ 84
꽃신 한 짝 ____ 87

김선영
이 가을에, 아직 끝내지 못한 숙제 ____ 94
가을연가 ____ 98

최창수
새벽 산책 ____ 104

박준서
이음새는 녹슬지 않는다 ____ 112

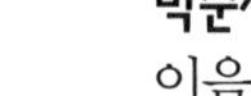

임은수
물 흐르는 소리에 ___ 120
물빛 그리움 ___ 124

최제영 崔濟英
기다림 ___ 130
산사에서 만난 예수 ___ 134

허숭실
나의 쉼터를 가꾸며 ___ 140
초승달 빛이었나 ___ 144

류명달
4·19 묘역 ___ 152
안개 속을 달리며 ___ 155

장연옥
봄날의 상념 ___ 160
안동 식혜를 먹으며 ___ 164

박헌렬 朴憲烈
아소阿蘇 오악이로구나 ___ 170
횡성 산채마을 ___ 175

김해웅
이름에 관한 에피소드 ___ 180
추억의 기차여행 ___ 184

한경석
술 권하는 시대 —— 188
이 아이를 어떻게 해야 하나요 —— 192

전병삼
아버지와 태극기 —— 198
속인俗人의 마음닦기 —— 202

유서정
건넌방 친구들 —— 208

반달이 —— 211

이인한
한국화의 즐거움을 찾아 —— 216
우리 가족 깜이 —— 220

김유진
그 동안 별일 없었습니까 —— 226
아이스크림 하나 주세요 —— 230

이삼헌 李三憲
유년의 우수, 고드름 —— 236
만년필萬年筆 —— 240

정재춘
맥스웰 김치병 —— 246

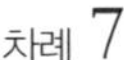

이음새 에세이문학회 동인지 발자취

첫 번째 글모음 / 한강변 불빛을 바라보며
2002년 7월 15일 발행 / (주)문학마을사
1. 꽃눈을 수없이 달고
－김병권 박연구 이규희 강석호 안영 이명재 정목일
　김유천 허형만
특집 지상 수필문학 특강
－윤재천 이웅재
2. 별을 길어올린 여인
－조완호 이웅재 이전안 황혜경 우희정 최원현 박종숙 안남연
　윤난홍 강명희 정희선 김진돈 정회명 임영봉
3. 비밀 호주머니
－구자숙 김은재(김선영) 임은수 육다휘 김희경(김나경) 최찬희
　박은경 최창수 박준(박준서) 최용석

두 번째 글모음 / 이음새
2003년 8월 1일 발행 / 황금시대
1. 누구를 위해 글을 쓰는가
－이명재 구자숙 김희경 최찬희 최제영 임은수 허윤정 한분순
2. 꽃 탕에 몸을 맡기면
－이웅재 구자숙 최제영 허윤정 최찬희 김희경 박은경 류명달
3. 보름달 등과 교감하며
－이웅재 이명재 허윤정 육다휘 김희경 최찬희 임은수 박준서
4. 가슴이 따뜻한 사람처럼
－구자숙 임은수 최창수 육다휘 류명달 박은경 박준서

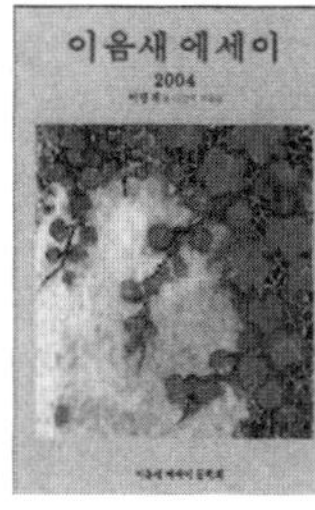

세 번째 글모음 / 이음새 에세이
2004년 9월 25일 발행 / (주)문학마을사
－이명재 구자숙 김해응 김나경 류명달 박준서 박헌렬 육다휘
　이웅재 임은수 최제영 최찬희 최창수 허윤정

네 번째 글모음
푸른 언덕이 그리운 날
2005년 11월 30일 발행 / 월간 문학 출판부
－이명재 이웅재 구자숙 김나경 류명달 박준서 박헌렬 여영자
  유서정 육다휘 임은수 장연옥 최제영 최찬희 최창수
  허숭실(허윤정) 홍성덕

다섯 번째 글모음
사막의 꽃이 되어
2006년 10월 30일 발행 / 월간문학 출판부
－이명재 이웅재 구자숙 김나경 류명달 박준서 박헌렬 유서정
  육다휘 이인한 임은수 장연옥 최제영 최찬희 최창수 한경석
  허숭실 홍성덕

동인지 순례
이음새 에세이문학회
2007년 10월 1일 발행 / 월간 수필문학
－이명재 이웅재 박헌렬 한경석 이인한 박준서 전병삼 구자숙
  최제영 허숭실 육다휘 유서정 류명달 김희경 임은수 최찬희
  장연옥

여섯 번째 글모음
연리지 사랑
2008년 12월 13일 발행 / 도서출판 선우미디어
－이명재 이웅재 구자숙 최찬희 김나경 육다휘 김선영 최창수
  박준서 임은수 최제영 허숭실 류명달 장연옥 박헌렬 한경석
  전병삼 김해응 홍성덕

특집/ 문학단체를 찾아서
이음새 에세이문학회
2009년 1월 1일 발행 / 월간 순수문학
－이명재 이웅재 구자숙 최찬희 김나경 육다휘 김선영 최창수
  박준서 임은수 최제영 허숭실 류명달 장연옥 박헌렬 한경석
  전병삼 김해응 홍성덕

한국문학사에 큰 기여가 있기를

김년균

(한국문인협회 이사장)

‘이음새 에세이문학회’는 이명재 교수님을 지도교수로 모시고 공부하는 문학도들의 모임으로 알고 있습니다. 중앙대 산업교육원에서 에세이를 공부하던 동기생들이 10여년 전에 만든 일종의 ‘문학 동아리’인데, 지금은 회원 모두가 등단할 만큼 성숙한 모임이 되었다고 합니다.

‘이음새’라는 이름도 ‘구세기와 신세기가 이어지고’, ‘동양과 서양이 이어지고’, ‘선배와 후배가 이어지고’, 세상과 인연 있는 것들은 모두 ‘이어져야 한다’는 취지로 출발했다는 것입니다. 문학이 ‘휴머니티’를 추구하고, ‘인간의 삶’을 천착하는 학문이고 보면, 이에 걸맞는 멋진 이름이라고 봅니다.

그렇습니다. 문학은 인간의 심성을 아름답고 향기롭게 다듬어주고, 인간이 인간답게 살 수 있는 지혜를 가르쳐줍니다. 문학은 또한, 인간이 세상에서 겪어보지 못한 미지의 세계를 새로이 경험케 함으로써 삶의 질을 높여주고, 인간의 이상과 꿈을 무한궤도로 끌어올려 줍니다.

세상에서 문학만큼 광범하고 깊이 있는 학문도 없을 것입니다.

　그런 의미에서 문학을 공부하는 사람이야말로 현명한 사람일 테고, 더욱이 문인이 되어 창작활동을 하는 사람이라면, 축복받은 존재가 아닐 수 없습니다.

　'이음새 에세이문학회'가 이번에 10주년 기념호를 펴낸다고 하니, 진심으로 축하드리고, 앞으로 이 문학회가 더욱 발전하여, 우리 한국문학사에 크게 기여함은 물론, 회원 모두에게도 영광이 있기를 기대합니다.

글쓰기는 인생 최대의 보람

강석호

(한국수필문학가협회장)

 '이음새' 에세이문학회의 창립 10주년과 동인지 창간을 진심으로 축하합니다. 이 땅에는 문학동인회가 많지만 10년의 연륜을 꾸준히 쌓기란 그리 쉬운 일이 아닙니다. 게다가 창립 10주년을 기하여 동인지도 창간한다니 축하의 마음을 겸하여 드립니다.

 '이음새' 에세이문학회는 10년 전 중앙대 교수이며 문학평론가 이명재 선생님의 주도로 중앙대학교에 부설된 수필 창작반에서 수필문학 수업을 한 작가들을 중심으로 구성된 동인회로 알고 있습니다. 이명재 교수님은 우리나라 문학평론가 중에 역량 있는 석학이며 일찍이 수필문학에도 관심이 커서 수필이론 개발과 세미나 주제 발표 등을 맡아 수필가들을 지도하고 격려하기에 시간을 아끼지 않았으며 퇴임 말년에는 직접 수필을 창작하여 수필작가로 활동하고 있어 존경해마지 않습니다.

 그리고 '이음새' 동인들은 거의 필자가 회장을 맡고 있는 한국수필문학가협회 회원이 되어 문학회 행사 참여와 월간 <수필문학>지에 작품발표를 함께 하고 있어 남다른 정과 관심을 갖고 있습니다.

그동안 동인들은 대부분 직장과 자기 전공을 갖고 있어 맡은 바 일에 바쁘고 힘들 텐데 시간을 할애하여 작품을 쓰고 발표하며 또 동인끼리 모여 작품 합평회나 문학기행 등 여러 가지 문학행사를 계속해 왔다는 것은 그리 쉬운 일이 아닌 줄 압니다. 그것은 오로지 태어날 때부터 문학의 기질을 타고 나서 무엇인가를 읽지 않고 쓰지 않으면 견딜 수 없는 생리적 현상에다 문학을 삶의 최고 가치관으로 알고 있기 때문이라 생각됩니다.

문학을 해서는 대작가를 제외하곤 돈도 안 되고 사람들에게 인정도 받지 못합니다. 그러나 인생을 많이 살고 보면 깊은 사유와 많은 독서, 체험의 기록 등 문학활동은 가장 값진 정신적 작용으로 인생의 보람 중 최고가 아닐 수 없습니다. 나의 조그만 생각을 문장화하여 남을 감동시키고 나아가 많은 사람을 움직일 수 있다는 것, 그 이상의 보람이 어디 있겠습니까?

건강한 육체라도 병들기 마련이고 부와 명예는 순식간에 사라지고 맙니다. 성경 시편에는 "인생의 수명은 70이요 강건하면 80이라 시드는 풀과 같고 풀잎의 이슬과 같다"고 했습니다. 그런 유한한 인생의 삶에 있어 그래도 글쓰기는 우선은 괴롭고 힘들지만 나의 사상, 나의 족적을 길이 남길 수 있는 값지고 보람된 일이라고 생각됩니다.

문학을 하는데는 여러 가지 분야가 있겠습니다만 크게 나누면 직접 작품을 쓰는 일과 문학하는 사람들끼리 문단을 구성하여 서로 합평회나 세미나, 문학기행, 낭송회 등을 통하여 문학을 즐기는 것으로 대별할 수 있다고 생각됩니다.

문학 작품만 쓴다고 하면 문단도 동인회도 필요 없고 오로지 자기 혼자 골방에서 이불을 뒤집어쓰고 글만 쓰면 됩니다. 그러나 그렇게 하면 좋은 작품을 얻을 수 있고 경제적 부를 누릴 수는 있을지 몰라도 문학의 향기나 즐거움은 향유할 수 없을 것입니다.

문인이 글을 쓰는 작업과 동시에 문학을 통하여 인간을 즐기는 것은 행복한 일이라고 생각합니다. 그것은 멋과 낭만을 동반합니다. 마치 대학이 학문을 전수하는 기관인 동시에 젊은 청춘들이 젊음을 구가하는 것과 같이 인생을 구가하는 것으로 비교할 수 있습니다.

문인 중 혹자는 자기 혼자 글만 잘 쓰면 되지 동인회니 동인지니 하며 당을 지어 떠들어댈 필요가 없지 않느냐고 하지만 그것은 문학의 기능과 즐거움을 잘 이해하지 못하는 것이라고 봅니다.

어떤 저명한 작가는 문인을 집안에서 글만 써서 서점에 내는 서점 문인과 문학지나 동인지에 글을 발표하고 회지 발간, 세미나 문학기행 등 행사에 주로 참여하는 문단문인으로 대별하고 그 두 문인 모두가 다 문학의 발전을 위하여 기여하고 있다는 말을 했습니다.

'이음새' 동인들은 이런 문학의 기능을 제대로 간파하고 오늘날까지 많은 작품을 생산하면서 회원 상호간 좋은 유대를 갖고 있는 것으로 압니다.

부디 좋은 선생님과 선배 문인을 모시고 더욱 단결하고 노력하여 더 좋은 작품을 생산하며 문학의 즐거움을 마음껏 향유하는 동인회가 되길 바랍니다.

그리고 동인회지도 알차고 멋있게 만들어서 우리 문단에 새롭고 빛나는 파문을 던지기 바랍니다. 동인 모임과 동인지 발간에 돈이 들지만 골프나 여행 등 다른 여가 활동에 비하면 값싸고 생산적인 활동이라 생각하고 기꺼이 호주머니를 여는 시원시원한 문학인이 되시길 기원합니다.

가을의 출구

윤재천

(한국수필학회 회장)

가을은 성숙의 계절이다.

어제를 떨쳐버린 가을 속을 구르고 있다.

말없이 떠난 사람이 그리워지고, 누구를 만나야 할 것 같아 마음 바빠지는 것도 이 계절의 썰렁한 바람이 휘감기 시작하는 날부터다.

진정한 가을은 우리의 마음에서 비롯된다. 내재內在한 자신과 만나는 계절, 허세에 물들지 않고, 비굴에서 해방된 자신을 만나 본연本然의 대화와 사고思考를 행하다 기억할 수 없는 어느 뜨락의 한가운데에서 새로운 계절의 체취를 느끼고 옷깃을 여며야 하는 것도, 이 계절의 문턱을 들어선 오후에서부터다.

가을은 숙성한 아이의 가슴에 드리워진 두려움과 같은 것이고, 자신의 습관적 행위가 어설프게까지 느껴지는 때다.

가을은 물빛 같은 마음을 가진 사람과 바람의 체취를 담은 사람의 가슴을 앓는 계절이다. 치유의 방법을 생각할 필요도, 깊이 사고

할 필요도 없는 계절이다. 밤새 뒤척이다 먼 하늘을 바라보는 것이 가을을 살아내는 올바른 수용의 방법이다.

우리는 '나' 속으로 들어가야 한다. 아무런 미련과 두려움 없이, 사랑과 미움도 거부한 채 '우리' 속으로 잠식해야 한다. 서두르고 뒤뚱거리며 공연한 허세를 부려서도 안 된다. 낙엽을 밟고, 낙엽이 쌓인 숲에서 그들이 계절 속으로 말없이 걸어가는 소리에 귀 기울여야 한다.

가을을 사랑하는 것은 자신의 삶을 사랑하는 것과 같다. 자신을 사랑하지 않는 사람은 가을 사랑할 수 없다. 그것은 우리가 공허까지도 소유할 줄 아는 가을의 주민住民이기 때문이다.

이제 우리는 우리가 만든, 신神이 만든 가을을 살고 있다. '나'를 계절 속에 내던져 얼마나 다져져 있는가를 확인하고 있다.

가을은 다른 계절보다 진취적이고 의욕적이어야 하는 때다. 가을은 우리의 가슴에 살아있는 완전한 멋이다.

가을의 출구出口를 통해 길을 나설 때 우리는 진정한 아름다움과 충만의 희열을 배울 수 있다.

낙엽처럼 빈 마음으로 길을 떠날 때면……

유리창을 초록으로 물들여 주는

이규희

(소설가)

　개운산 밑으로 이사온 지도 벌써 팔 년째 접어들고 있다. 말이 그렇지 나는 개운산이 어디 있는지 알지 못했다. 빌딩 천지여서 도대체 산이라는 것이 보이지 않았으니까. 마음먹고 찾아가 보니, 산의 정상은 쌍둥 잘리어 고래등같은 구민회관이 지어졌고, 광활한 운동장은 밀가루를 뿌려논 듯 뽀얬다. 타박타박 집으로 돌아온 나는 목이 말랐다. 돌계단 틈서리를 비집고 돋아나는 잡초도 새롭게 보여 나는 뽑지 못했다. 드릴을 들이대어 콘크리트 바닥을 뚫기 시작했다. 건물에 이롭지 않을지도 모른다는 이웃들의 노파심에 속으로 은근히 떨기도 하면서. 종로 오가나, 머나먼 양재동 나무시장으로 나가는 길은 왜 그리도 나를 가슴 설레게 하던지…… 그곳에만 가면 꼭 기방에 빠진 한량처럼 나는 시간 가는 줄을 몰랐다. 내 집의 담장을 감안해 최소한 삼, 사 미터짜리 나무를 물색해야 했으니 사람으로 치자면 적어도 성년을 전후한 것들이 아닐까. 소심한 나는 한 그루 나무를 심기까지 꽤 굴곡진 모험을 방불하는 감정의 파고를 오르내려야만 했다. 선별한 나무를 트럭에 싣고 생면부지의 기사 곁에 안전벨트라는 미명하에 제 몸을 제 손으로 결박하고 밀폐된 공간을

통과해야 하는 일은 마치 미지의 별을 향해 발사된 속수무책의 우주
선에 무방비로 투여된 듯한 황당한 공포감도 그렇거니와 토질도 열
악한 데다 비좁기까지 한 구덩이에 그 수술실의 내장 같은 나무뿌리
를 허겁지겁 우격으로 구겨넣고 나서 짠한 가슴을 어쩌지 못해, 자
고 나면 전전긍긍 현장 둘레를 맴돌아야 하는 심정이란…. 내가 제
일 먼저 심은 나무는 산수유였다. 기나긴 추위를 이기고 맨 먼저 봄
을 이끌어오는 전령사였기 때문이다. 무채색의 지루한 겨울을 견디
다가 뜻밖에 대면하게 되는 산수유꽃의 놀라움…… 그 샛노란 빛깔
에서 봄은 소리 없이 뿜어져 나왔다. 하나, 내가 자동차 없애고 몇
그루 나무를 심는 것 정도로 이 도시의 사막화와 지구온난화를 어
찌 막을까. 남쪽 따뜻한 지방에서만 살 수 있다던 매화가 이미 내
집 뜰에 당도했다. 설중매, 깨물고 싶도록 매혹적인 젖꼭지 모양의
꽃망울들이 펄펄 흩날리는 눈보라 속에서 기어이 개화를 해내고야
말았으니…… 나무들은 정직했다. 햇빛조차 시원찮은 두터운 배기
가스 속에서도 성실했다. 꽃만 보여주는 것이 아니라 열매까지 튼실
하게 만들어 내었다. 지난여름, 유리창을 초록으로 물들여 주는 것만
으로도 감지덕지하고 있는 우리 가족들을 황공무지로소이다 하고 무
릎 꿇게 만든 살구나무…… 바람에 나부끼는 가지마다 누런 열매가
주렁주렁 매달려 있는 것이 아닌가. 너무 황홀하여 우리는 그 살구를
끝까지 따지 않고 바라보기로 했다. 그것이 내가 살고 있는 동네에
조금이나마 기여가 되었으면 하는 바람도 있었다. 동이 터오려는 부
윰한 미명, 한때 러시아에 다녀오는 사람들마다 목에 줄줄이 걸고 오
던 천연보석 호박빛이어야 할 창밖이 순백색으로 대체되어 있질 않
은가. 거기 담장 위에 웬 사람이 성큼 올라서 있었다. 신선처럼 흰

옷에 머리까지 하얀 노인이었다. 놀란 건 잠깐이고 빙그레 나는 미소 지었다. 눈이 마주친 신선도 이빨을 드러내며 웃었다. 등하교 시간대엔 한참 심해야 할 청소년들이 시냇물처럼 재잘대며 아슬아슬하게 지나가건만 그뿐, 전혀 여타의 반응은 일어나지 않았다. 윤리교육덕분인가 했더니, 원체 아쉬울 것 없는 세대라서라고도 하고, 치열한 입시경쟁의 후유증이라는 설도 있다. 이유야 어찌 되었든 그 청소년들의 내면이 혹시 저 공포의 사막화와 맥을 같이 하는 것이나 아닌가 하는 생각에 나의 가슴은 그만 덜컹 내려앉았다. 입안에 군침이 도는 열매를 발견한 개구쟁이들이라면 당연히 다음 순서는 정해진 것이 아닌가 말이다. 이런 와중에 담장 위에 뛰어오른 노인을 발견한 나는 흥분하지 않을 수 없었다. 무언가 말이 통할 것 같은 사람을 비로소 만난 기분이었달까. 내가 그를 신선이라 호칭한 건 차림새가 그래서만이 아니라, 연치에 어울릴 정도의 품위도 갖추어 보였기 때문이었다. 어떤 마력이 그를 유혹했을까. 도심盜心이 아닌, 동심童心이 살구서리의 헤어날 길 없는 향수 속으로 빠트렸을지도 모른다는 생각이 들며 나는 서둘러 유리창 문고리를 풀었다. 이를 테면, 툰드라가 없어져 가고 빙하도 기하급수적으로 줄어든다죠? 북극곰이 멸족 위기에 있다구요? 그렇다면 멸족의 순서는 어떻게 될까요? 인간이 맨 마지막까지 살아 있을 거라는 보장은요? 그렇게 속사포식 질문을 쏟아내려다가 방향을 틀었다. 북극곰의 멸족을 막으려면 우리가 무엇을 해야 하는지 생각해 보셨나요? 이미 창문은 열려졌고, 나의 목소리는 그에게 충분히 전달될 만했다. 골목을 유유히 벗어나며 그는 웃음만을 흘려보내는 거였다.

꿈꾸는 자의 영원한 세상

鄭木日

(수필가, 한국수필가협회 이사장)

내가 태어났을 적에 아버지는 50세였다. 아버지는 2대 독신으로 늦게 첫아들을 얻게 되었고, 해방이 되고 한 달이 지날 즈음이었다. 나는 자라면서 외톨박이어서 주변에 함께 놀아 줄 가족도, 소통할 수 있는 사람도 없다는 걸 알았다. 어릴 적부터 책 읽기를 좋아했고, 문학을 통해 세상과 소통하고 싶었다. 1975년 <월간문학> 수필 당선작인 「방」은 내 소박한 꿈이 담겨 있는 작품이다.

나는 소년기 때부터 마음에 드는 하나의 방을 갖고 싶었다. 알맞고 소담스런 방을 갖겠다는 것이 하나의 작은 꿈이었다. 아침 방문을 엶으로써 하루가 시작되고 저녁 방문을 닫고 인간은 하루를 거두고 내일을 예비한다. 방은 인간이 마음 놓고 안식할 수 있는 가장 소중한 곳이며 인간이 태어나고 임종하는 곳이요, 인류의 역사가 이루어지는 곳이다. 그러한 까닭에 인간은 누구나 제각기 방을 잘 치장하려 들며, 나 또한 상상의 세계에서 내 방을 즐겨 치장해 보는 버릇이 있다.

나의 방은 아파트나 양옥집의 방이 아니다. 나의 방은 평범한 사람들이

사는 조그마하기는 하나, 오붓한 기와집의 방이며 숲길로 통하는 오솔길 가
에 있다. 창문을 열면 숲길의 아청빛 녹음은 늘 창취한 모습으로 싱그럽고
또한 개결하다. 우거지는 녹음을 바라보는 것은 일상의 즐거움이며, 더구나
숲속에 내리는 봄비를 목도하는 것은, 더없는 유열愉悅을 가져다준다.
-「방」의 서두 부분

이 작품을 쓴 것은 35년 전이다. 30세 청년의 꿈으로선 소박하다.
거대하고 호기를 부린 구석도 없이 '마음에 드는 방' 하나를 갖고
싶다고만 했다. 형편이 여의치 않을지라도 언젠가 좋은 시절이 돌
아올 것임을 확신하고 있었다. 외로운 이들에게 도움을 주리라는
생각도 가졌다.

60대 중반에 들어선 지금, '나의 꿈'은 어떻게 되었는가? 자신에
게 물어본다. 아직까지 마음에 드는 방도 없으며, 아파트가 아닌 오
붓한 기와집에 살고 있지도 않다. 창문을 열면 아청빛 녹음을 바라
보는 정원을 가진 집을 소유하고 있지도 않다. 30년이 넘게 아파트
에 거주하고 있을 뿐이다. 일생동안 나무와 벗하길 원해 이름조차
'나무와 해'이지만, 나무를 심을 한 평의 땅도 갖질 못한 채 살고 있
다.

서재 겸 집필실을 갖고 싶고, 몇 그루 나무가 있는 정원이 있는
집을 어찌 바라지 않았겠는가. 원대한 욕심도 아니요, 근면하고 성
실한 삶이라면 이룰 수 있는 소망이며, 꿈이라고 생각하였지만 결
코 쉬운 일이 아니었다.

꿈은 마음의 궁전일까. 현실적으로 꿈을 이룰 수 없다 해도 그냥
포기할 수 없는 일이다. '마음에 드는 방' '나무를 바라볼 수 있는

삶'이 없다면 황폐한 일생이 아닐 수 없다.

나는 현실에 주눅 들지 않게 꿈을 이룰 방법을 생각하였다. 마음 속에다 '서재'와 '정원'을 짓는 일이다. 나는 이름을 바꾸기로 했다. 아버지가 작명가에게 사주四柱를 알려주고 작명한 이름을 버리기로 했다. '사주'라는 운명, 잘 풀리지 않는 틀을 스스로 부셔버렸다. 나는 문단에 데뷔할 적에 종전까지 가장 열애하고, 황홀하게 꿈꾸었던 내 이름을 허공에 던져버렸다. 다시 태어나고 싶어 스스로 이름을 지었다. '木日(나무. 해)'로 개명改名했다. 나무와 해로, 푸름과 햇빛으로 소통하고 싶었다.

누구도 내게 푸름과 햇빛이 돼주지 않는다는 것을 알았다. 스스로 나무와 해가 되어 푸름과 빛을 내고 전할 수 있길 바랐다. 마음 속에 나무와 해를 품으니, 가난이 홀가분해지고 평온해졌다. '마음에 드는 방'과 '나무가 있는 정원'은 사소하고 편협한 꿈이란 걸 알았다.

소유라는 관념은 이기적이고 일시적인 것에 지나지 않는다. 꿈을 가질 바에야 돈으로는 살 수 없는 것을 택하고 싶었다. 나무와 해가 있는 생명과 평화의 세상. 나는 하나의 산을 갖고 싶다. 강을 갖고 싶다. 들판을 갖고 싶다. 나무와 해가 아름다움을 만드는 세상을 갖고 싶다. 문학은 꿈꾸는 자의 영원한 세상이 아닌가.

이음새, 우리 문학 혼과 향으로

때 : 2009년 10월 10일
곳 : 선우미디어 출판사 편집실
참석자 : 지도교수 외 15분 회원
진행·정리 : 김희경(김나경)

김희경 : 10년이면 강산도 변한다는데 우리 '이음새'가 어언 10주년을 맞이하게 되었습니다. 참 감개무량합니다. 교수님, 잠시 그 시절로 돌아가셔서 회고를 해 주시면 감사하겠습니다.

교수님 : 그러니까 1999년에 중앙대 산업교육원에서 글짓기 과정을 하나 개설하면 어떨까 하는 제안이 들어왔습니다. 그래서 이거 한번 해보자 싶어 유인물을 제작하여 돌렸지요. 그걸 보고 찾아온 분도 있고, 동창들에게도 알려 추천을 받기도 하고, 제 안사람의 제자가 소개해서 오기도 했죠. 육다휘 선생 같은 경우죠. 그래서 그 해 9월 신학기에 20여 명의 수강생으로 출발하였습니다. 그 때는 20명을 훨씬 넘는 인원이었으니 영신관 좁은 강의실이 꽉 찼지요.

강좌 개설 후 첫 강의라 강사진도 아주 신경 써서 모셨죠. 강석호, 김병권, 윤재천, 임헌영 선생님을 비롯해 젊은 세대인 박

명진, 임영봉 선생 등 명 강사진을 구성했습니다.

김희경 : 창립 때부터 참여하신 구자숙 선생님이 먼저 말씀해 주셨
으면 합니다.

구자숙 : 저는 문인협회 주관 강좌에서 2명이 6개월 동안 이정림 선
생께 사사하고 있은 때였습니다. 시 쓰는 사람을 위해 만든 수
필반이었는데, 그 2명이 저 구자숙과 친구 김은자김선영였죠.
그런 상황인데 교수님께서 전화를 하셨어요.

교수님 : 구 선생 댁에는 내가 직접 전화를 드렸는데, 그 때 부군을
의식했던지 선생님이 어찌나 까다롭게 물으시던지…… 남편
눈치를 꽤 보시나 봐요.

구자숙 : 우리가 의처증 제1 세대라고나 할까! (의처증 제1 세대라는
말에 좌중 웃음) 한 번도 뵌 적 없는 교수님께서 전화를 하셨으니.
제가 '속솔이 뜸의 댕이'로 유명해진 소설가 친구 규희한테 전
화를 했지요. 친구 왈, "부르시면 당장 가지!" 그러는 거예요.

그런데 제 친구, 규희와의 관계는 말씀해 주실 법도 한데 지금
껏 말씀을 안 하시지요.

교수님: 동아일보 현상모집에 당선된 이규희 선생의 글은 참 좋았
습니다. 문학이 인성 계발 등에 참 좋은 것인데, 내가 좋아서
시작한 일이고 하다 보니 대학 강의도 하랴 바빴습니다. 그래
서 중간에 슬그머니 자신이 없어진 터에 마침 러시아 극동대
초빙교수로 한 학기 가게 되었지요. 러시아로까지 회원께서 전
화해서 "우리끼리 끈기 있게 하고 있으니 나중에 돌아오시면
잘 지도하시라."고 해서 깜짝 놀라고 감동 받았지요.

구자숙: 우리는 그렇게 1999년 단풍이 물들기 시작할 무렵 중앙대
캠퍼스에서 만나 뜻을 같이하게 되었어요. 찬바람 속에서 한강
변의 불빛을 보며 흑석동 고개를 넘어와 영신관 석조 건물의
삼층 강의실에서 한 세기를 바꾸며 만났지요.

2000년 2월의 수료식 이후 지도 교수님께서 외국에 연구차 가
신 후에도 저희 문우들은 4~6명씩 계속해서 글을 통한 자매로
서의 끈끈한 정을 이었습니다. 한 달에 한 번씩 만나도 그것은
또 다음 달을 위한 삶의 촉진제가 되었어요. 모임에 나오는 사
람들은 일정치 않았지만 김희경, 최찬희, 또 제일 먼저 등단을
시도했으며 지금은 나오지 않고 있는 박은경씨도 매번 나왔죠.
특히 김희경, 최찬희씨와는 사이사이에 자주 만났어요.

한경석: 세 분이 몇 년을 그렇게 만나셨나요?

구자숙: 계속되었죠. 교수님 오신 후에도 내 마음이 청춘이라 피자
집에서 만나 어찌나 재미있게 지냈던지⋯⋯. 참 '추억의 피자'
에요. 모두 고맙게도 내 말이 법인 줄 알았어요. 결국 어떤 일

이 있어도 우리 셋이 3년씩 돌아가며 이어가자고 하기에 이르 렀지요. 만날 장소도 마땅치 않아 이리저리 옮겨다니며 공부를 했는데 한 달에 두 번도 만나서 작품을 통한 북돋움이 계속되 었습니다. 돌아보면 참 아름다운 감정이 흐르던 찬란한 시간이 었어요. 러시아에 계신 교수님께 제가 소식을 전하기도 했는데, 연구 활동을 끝내고 돌아오셔서 우리 문우들의 면학 분위기를 보고 놀라셨던 기억도 납니다. 그 때부터 교수님을 모시고 집 중적인 수필 공부로 들어갔죠. 중대 건너편 '거구장'에서 이음 새라는 낱말을 교수님께서 처음 꺼내셨죠.

'이음새'란 20세기 말에 출범한 모임으로 새 세기를 잇고, 글로써 선후배 회원 상호간의 마음을 연결한다는 의미를 지닌다. 나아가서 한반도와 해외, 기성세대와 신세대의 감성을 연결함은 물론이요, 작 가와 독자의 오붓한 대화를 이어가겠다는 뜻도 내포하고 있다.

김희경 : 이것은 교수님께서 저희 이음새 에세이문학회에서 처음으 로 출판한 작품 집 '한강변 불빛을 바라보며'에 축사 겸 격려사 로 써 주신 머리말 중 일부로 '이음새'라는 말이 여기에 공식적 으로 나타납니다. 2002년 7월 15일에 <문학마을>에서 출간된 이 책은 참 많은 분들의 사랑과 노고에 힘입었지요. 저희 글식 구의 글은 2-3편씩 10명이 출품했는데, 원고 청탁을 받아들여 격려해 주신 원로 선배 문인들의 글은 22편에 달했거든요. 원 고가 하나하나 도착할 때마다 놀랍고 신기하고 감사해서 잠도 못잘 정도였어요. 2001년 12월에 힘들게 시작된 발간 준비가

고맙게 여겨졌지요.

구자숙, 최찬희, 박준서 선생님과 내 일 네 일 할 것 없이 손잡고 일하던 기쁨이 대단했죠!

최제영: 그 열 분이?

김희경: 구자숙, 김은자, 육다휘, 박은경, 임은수, 최찬희, 최창수, 최용석, 박준서 선생님, 그리고 저 김희경이죠.

최창수: 임은수 선생님은 어떻게 나오시게 되었나요?

임은수: 교수님께서 전화를 주셨지요. 제가 세계일보 신춘문예 수필부문에 당선되어 등단하였는데, 그 때 교수님께서 심사를 하시면서 저를 기억하셨던 것이지요.

허숭실: 저는 첫 번째 책이 나오기 전 12월에 처음 나왔어요. 임은수 선생의 수필, 분꽃 피는 걸 보며 어머님이 쌀을 씻는 얘기에 감동해서 글을 쓰겠다고 맘먹었죠. 여기서 맘에 드는 남자는 없더라구요.(좌중 웃음) 무조건 막 쓰고 싶었어요.

교수님: 이음새가 은인이죠, 허 선생에게는?

허숭실: 은인이죠. 구원이에요. 구자숙 언니의 손에 이끌려 이음새에 처음 나왔을 때는 본격적인 문학수업을 받겠다는 마음이 준비되지 않았었지요. 매달 어설픈 글을 들고 이음새에 나와서 이명재 교수님과 이웅재 교수님께 따끔한 지적을 받으면서 수필쓰기에 기쁨을 느끼기 시작했어요. 이음새 회원님들의 다정한 도움이 용기와 힘을 보태 주었구요. 이음새는 작가와 독자를 이어줄 뿐 아니라 나와 잠재되어 있는 '나'를 만날 수 있게 인도하는 오솔길입니다. 우주를 바라볼 수 있도록 열어준 창이며, 새로운 삶의 터전입니다. 내 안에 고여 있는 아픔을 수줍게

토해내면서 삶 속에 묻혀 있는 사랑을 하나씩 찾아낼 수 있었
어요. 미숙하이지만 수필집『꽃은 흔들리며 사랑한다』를 펴낼
수 있었던 것은 이음새가 따뜻한 산실이 되어준 덕분입니다.
꽃은 이음새 품에서 싹이 트고 흔들리면서 사랑의 뿌리를 깊이
내릴 수 있었지요. 혈족보다 가까워진 이음새 회원님들, 좋은
글 쓰며 오래오래 변함없는 정을 이어갈 수 있으리라 기대합니
다. 두 분 교수님과 회원님들께 깊이 감사드립니다.

구자숙 : 이 동생(허숭실)이 글을 쓸지 못 쓸지는 생각하지 않았어
요. 경기여중 다니기 전부터 덕수초등학교에 다니던 그 시절,
연두색 새 두 마리가 수놓인 꽃분홍 스웨터를 입은 숭실을 아
직 기억해요. 여기 오기 전까지는 내 앞에서 말도 못 했어요.
허숭실 동생과는 특별한 인연이고 이음새와의 인연도 남다릅
니다. 사람이 겉만 보고 모르듯이 이 모임도 10년씩 가리라고
생각도 못 했어요. 이명재 교수님도 우리를 이웅재 교수님께
맡기시고는 회원들끼리 서로 어울리게 놔 두셨지요.

허숭실 : 교수님들도 잘 하셨지마는 구자숙 선배님이 회원들 관리를
잘 하셨고, 임은수 선생님이 장연옥 선생님을 모시고 온 일은
치하할 일이지요.

교수님 : 나는 이 강좌를 모을 때 글은 아름답고 좋은 것이라 생각
했지요. 인성, 의리, 사회 생활, 카타르시스, 이름, 친구 이런 것
들을 떠올렸고, 글쓰기는 아름답다고 생각했지요. 계속 이어져
야 한다고 생각합니다. 문학은 인류의 구원이지요.

전병삼 : 저는 이제야 글 쓰는 것이 좋다는 걸 실감하고 있습니다.

교수님 : 글을 쓰는 거야 무궁무진하지요. 인간의 존엄과 가치 창조,

그리고 우의 돈독 등……. 내가 부족한 것도 많은 사람인데 이렇게 회원 여러분이 10여 년을 같이하다니 고맙고 자랑스러운 일입니다.

최제영: 구자숙 친구가 수필 같이 하자고 했는데 시간이 잘 맞지 않아 말만 나오고 일 년여 후에 시작했어요. 지금은 은인이죠. 수필 안 했으면 내 인생이 어떻게 됐을까 생각해봅니다.

교수님: 최제영 선생님 글 잘 쓰십니다. 류명달 씨도 글을 어렵게만 생각하던 것이 엊그제 같은데 글의 맛과 멋도 충분히 알게 되셨습니다.

류명달: 다 교수님 덕분입니다.

김유진: 그러면 이음새 회원들 공부하는 장소는 어떻게 바뀌었나요? 공부하는 장소의 연혁은 바로 이음새의 역사지요

최찬희: 아, 참 많은 곳을 거쳐 지금에 이르렀습니다. 중대 강의실, 중대 뒤 음식점, 서울대 앞 김밥집, 서울대 근처 양식집, 내방역 부근의 브란덴부르그, 근처 꽃꽂이 연구실, 센트럴 시티, 반포의 꽃꽂이 연구실, 교수님 오피스텔, 학다리 중고 동창 사무실, 효성그룹 세미나실, 사당동 엘빈과 인사동촌, 조계사 옆 설락원을 거쳐 지금의 선우미디어 사무실에 이르기까지 지난 10여 년간 참으로 많은 곳에서 서로의 수필을 읽고 공부를 했지요.

김희경: 그 사이 사이에 출판 기념이나 야외 수업으로 많은 곳을 다녀오기도 했습니다. 최찬희 선생님 친구분 소개로 하남시에서 멋진 추억을 쌓기도 했고 서울 종합 촬영소도 다녀 왔구요 일산 호수공원의 흐드러진 봄꽃 사이에서 수필을 대하기도 했고, 안면도에서 파도 치는 소리를 벗삼아 수필에 대한 열정을

드러내기도 했습니다. 무창포의 수필 공부도 멋있었죠. 동강, 주천 조견당을 갔던 것과 영월의 장릉에 간 일이 기억에 새롭습니다. 바람이 몹시 불던 날, 이웅재 교수님과 몇 분이 김삿갓의 묘 앞에서 막걸리 잔을 올리시던 모습도 은행나무 잎의 아름다운 비행과 함께 남아 있습니다. 현대미술관에서 관람 후 둘러 앉아 공부하던 일, 미친 햄릿 등 연극과 뮤지컬을 함께 보기도 했습니다. 서오릉, 구미, 통영, 그리고 올해 박헌렬 교수님이 계획해 이루어진 양평에서의 수필 공부까지 하나하나 가슴에 새겨져 있습니다.

이삼헌: 제가 역사서 두 권을 집필했는데, 언제 어디서 발기하고 시작했느냐가 중요합니다. 시간이 가면 기억이 사라지고 자료도 없어집니다. 현재 시점에서 찾아서 모으며 이음새 역사를 이어가야 한다고 생각합니다.

최찬희: 순수하게, 욕심내지 않고 걸어온 것이 오히려 더 크게 발전한 것이 아닌가 하는 생각이 듭니다. 또 사실 우리 문학회처럼 이명재 교수님이 내용 봐 주시고, 이웅재 교수님은 문법에 대한 것까지 꼼꼼하게 지적하고 지도해 주시는 경우는 다른 데서는 볼 수 없는 것이죠. 그런 지도를 받은 것은 행운이지요

이삼헌: 동인 문학 활동으로 10년을 왔다는 것도 놀라운 일이에요. 한국문단에서도 견고한 지위를 확보하지 않을까요? 작가는 작품만 좋으면 되는 거지요.

교수님: 처음엔 시작할 때 좋기 때문에 한 것이지요. 하지만 열심히 않거나, 재능이 없으면 어떻게 하나 고민했지요. 뽑아놓고도 2-3년 후 문단에 등단도 못하면 어떨까 그랬는데. 열심히 하다

보니 문리文理가 트여 이젠 회원들이 나보다 더 잘 써요. 내가 볼 때 저 사람은 열심히 써도 안 될 텐데 하는 사람이 있어요. 그만 두라고 할 수도 없고 지켜보기만 할 수밖에 없지요. (박사과정 예로 드심) 연구 뿐 아니라 글도 마찬 가지지요. 나는 이렇게 생각해요. 내가 글을 쓴 지 40년, 50년인데 처음에는 누구나 어렵게 생각합니다. 그러나 노력하면 다 잠재된 재능이 발휘됩니다. 특히 구자숙 선생님, 처음엔 잘 썼으나 요즘엔 잘 안 쓰세요. 그래서 한 마디 했더니 한 번에 네 편을 써 왔지요. 그때 '빨간 오토바이' 그게 나왔지요. 노력하면 광맥이 발견되거든요. 지금 회원 중 모두 18분이 문단에 나오시지 않았습니까? 김희경 선생도 진관사 계곡물이 쫄쫄 흐르는데 '진품명품' 발표해서 비로소 칭찬을 들었지요. 공부할 때 싸구려 칭찬을 해서는 안 됩니다. 너무 기를 죽여도 안 되지만 너무 기를 살려도 안 되거든요. 또 너무 성급히 포기해서도 안 됩니다.

류명달 : 저는 처음 올 때 아무것도 몰랐는데 잘 이끌어 주셔서 여기까지 왔어요.

유서정 : 2005년에 <문학마을>에서 구 선배님을 만나 12월에 따라 왔어요. 교수님과 함께 형과 아우가 모인 것처럼 푸근함을 안겨주었지요. 내 삶에 희망을 넣어준 곳이기에 영원한 안식처입니다. 앞으로 이음새의 연륜과 더불어 더욱 성취된 삶을 꿈꿔 봅니다. 그동안 제가 노력이 부족했지만 마음의 고향이라는 생각으로 열심히 하겠습니다.

김선영 : 저의 본격적인 글공부는 이규희 님의 권유로 문협 수필반에서 시작되었습니다. 개인적으로 힘든 시기여서 나름의 목표

를 갖는 것만으로도 큰 위안이 되었었습니다. 그리고 교수님의 에세이반에 들었는데 친구들과 강원도 동강으로 여행을 갔다가도 수업을 위해 청량리역에서 흑석동 교정으로 달려갔던 일은 문학수업이 그 때의 나에게 얼마나 절실한 것이었던가를 여실히 보여주는 한 예라고 할 수 있습니다. 수업도 수업이지만 수업 끝나고 축제 준비에 바쁜 학부 학생들 틈을 비집고 내려와 어둠 속에 몸을 감춘 학교 앞 찻집에서 이명재 교수님과 수강생들이 모여 나누던 담소 시간도 잊히지 않습니다. 바로 그 자리가 '이음새'의 모태가 된 것이지요. 그게 벌써 10년 전 일이라고 하니, 세월의 빠름을 실감하지 않을 수 없네요. 결석이 유난히 많았던 사람도 이러니 다른 이음새 벗님들은 과연 어떨까, 미안하기도 하고 고맙기도 하네요. 축하할 일이지요.

김희경 : 동강에서 달려오신 선생님의 모습에 놀라던 우리의 기억이 새롭습니다.

임은수 : 집에서 혼자 있는 사람을 교수님이 불러주셨고, 여기서 검증받고, 지도를 받았지요. 다른 분들이 써 오시는 걸 보면서 배우기도 했구요.

장연옥 : 2003년에 호수공원에서 수업하던 날, 중국 인민대학교 교수가 된 김해응 회원과 그 때 처음 나갔어요. 그 전에 대학원에서 임은수 선생님이 얘기한 적이 있었지요. 그 당시는 제가 시간도 없고 누를 끼칠 것 같아 2년 후에야 뵙게 되었는데 가족적인 분위기가 좋았지요. 특히 교수님께서 소탈하셔서 권위적이거나 선입관 없이 편안하게 대해 주셨지요. 선배님들도 다감하게 대해 주셔서 2005년에 등단할 수 있었습니다. 공부 자체

도 고맙고, 덤으로 얻은 것은 나이가 들면 으레 '뒷방늙은이'가
되는 줄 알았다가 연세 드신 회원들을 뵙고 나의 미래의 꿈, 길,
지도를 그릴 수 있어서 얼마나 좋은지요. 감사합니다. 누가 되
지 않도록 노력하겠습니다.

이삼헌: 문학은 제 2기의 탄생이지요. 저는 1962년에 경향신문 신
춘문예에 시로 등단한 뒤 묻혀 지내다가 2008년에 교수님을 만
나 지금은 교보나 영풍문고에 제 이름 들어간 문예지가 계속
꽂혀 있을 정도로 활동하고 있습니다. 이음새에 와서 보니 무
한한 발전을 할 가능성이 느껴집니다. 열심히 쓰고 이음새 에
세이문학회 발전을 위해 노력하겠습니다.

전병삼: 이 교수님의 사랑을 받은 지 어언 40년. 그전에 글 안 쓴다
고 미워하셨는데 원래 저는 시 공부, 소설 공부를 했습니다.
2007년에 개인적으로 어려운 일을 겪어 수필을 쓰게 되었습니
다. 써 보면 쓸수록 어려운 게 수필이더라구요. 마누라가 글 쓴
다고 해서 저랑 결혼했는데, 그 마누라도 안 읽어주는 글을 회
원들이 읽어주어 고맙고, 도움 많이 받았습니다. 고교 때 만든
40년 된 문학회 등이 있는데 이렇게 서로 모르는 분들이 10년
을 이어온 게 대단합니다. 끈끈한 정으로 이어져 서로 이음새가
되었습니다. 모임의 이름값을 했다고 할까. 또 여기서 졸업 후
처음으로 한 교수님도 뵙고

한경석: 뭘 이야기하지? (좌중 웃음) 참, 대단해요. 처음에 글을 쓴
게 '술' 얘기였지요. 다른 사람들이 좋은 글 많이 쓸 때, 나도
그렇게 쓰고 싶고⋯⋯. 이번에도 술 먹는 시대를 써 보았지요
옛날로 돌아가 보았습니다. 저를 위해 글을 열심히 써 주세요

정재춘 : 문학의 시작은 누구에게나 축복이라고 생각합니다. 지금 병아리가 부화할 때 같아요. '줄탁 동시' 알을 쪼는 것처럼 회원들의 지적이 도움이 되지요.

박헌렬 : 80년대에 교수식당에서 이 교수님을 뵙고 문학에 대한 관심의 실마리를 가졌지요. 일산 호수공원 모임에 처음 나갔을 때만 해도 글쓰기에 무지한 사람이었습니다. 전 글쓰기에 심각한 고민을 해본 적 없습니다. 교수님이 이끄시는 대로 쓰다 보니 이만큼 왔죠. 감사합니다. 글을 잘 써서 발표하면 자기 자신이 향상하는 것이지요. 아무리 잘 써도 발표하지 않으면 무덤에 갖고 가는 것이죠. 개인적으로 참 많은 도움을 받았습니다. 혼돈의 사회를 정화하고 치유하는 방향으로 좀더 적극적인 자세를 가지는 게 바람직할 것입니다. 사회문제에 관심을 가져야 한다는 게 제 생각이죠. 카자흐스탄에 갔을 때 최찬희 씨와 갔지만 이음새가 반은 같이 간 느낌이었습니다. 그 지역 문인들의 글을 한두 편 실어드리는 것도 좋을 것 같습니다. 해외파 영입에도 노력해야 하겠지요.

육다휘 : 초창기 멤버입니다. 밤에 졸면서 계속 공부했던 기억이 납니다. 이음새 속에서 저는 '천장'으로 비유할 수 있을 듯. 제가 늘 바쁘다 보니 벽이나 이런 걸 했으면 좋은 걸 해 드릴 텐데, 누가 불을 켜 주면 내가 하는가 했네요. 이건 죄송합니다. 마음뿐. 열심히 글을 쓰는 건 좋아하지만, 그저 감개무량합니다.

박헌렬 : 10년을 이어오셨는데 무슨 얘기를, 좋은 분위기만 있지요. 리더십, 팔로우십이 10년을 이어오지 않았나요?

김유진 : 골고루 모인 좋은 모임이지요. 이삭줍기 식으로 모였는데,

나무 키울 때 나무는 살리고 다른 건 죽이는 게 아니라 다 같이 상생하자는 주의죠.

최창수: 저는 대학원 다닐 때 지도 교수님께서 수필을 권유하셨습니다. 그런데 저는 수필은 글도 아니라고 시큰둥하게 생각했지요. 세 번째 말씀하실 때 만주에서 윤동주 시인 버금가는 심연수 시인을 알게 되면서⋯⋯. 이음새라는 명칭도 없던 그 시절, 계기를 만들어 주신 교수님. 그 후 10년 이음새라는 말처럼 좋은 사람이 이어져야 하겠다는 사명감으로 정재춘, 임주희를 데리고 왔지요. 이 교수님 말씀 새겨서 다 같이 노력합시다！(구호를 외치듯 말씀하셔서 웃음이 번짐)

임주희: 최창수 선생님이 책 나온 뒤에 오자 하더니 갑자기 오자고 해서 특별한 자리에 참석했습니다. 이음새의 처음과 끝을 다 아우르는(좌중 웃음) 두 선배님이 이음새 에세이문학회 얘기를 많이 하셨어요. 계속 자랑하셨지요. 사이버대학 문예창작과를 다니고 있어서 글을 쓰고는 있지만 온라인상으로는 제대로 쓰고 있는 건지 모르겠더라구요. 거기에 끼어도 될까 하는 중인데, 한번 가 볼래 하셔서 덥석 물었지요.(또 한 번 웃음)

김희경: 전병삼 선생님은 맞춤법이나 우리 문법 우리말에서 탁월한 지식을 갖고 계신 것은 이음새문학회의 자랑입니다.

전병삼: 여러 가지로 감사합니다. 이음새 문학을 위해 그리고 제 자신의 문학을 위해 열심히 노력하겠습니다.

김희경: 예. 아주 즐겁고 의미 있는 시간이었습니다. 언제나처럼 모두의 순수한 마음이 느껴져 좋았습니다. 이런 분위기에서 글공부를 했기에 제가 졸저『눈 내리는 날이면』을 출간할 수 있었

고, 허숭실 선생님께서『꽃은 흔들리며 사랑한다』와 같이 멋진 작품집을 내셨고, 또한 임은수 선생님의 아름다운 시집『수하리 바람』이 출간될 수 있었던 건 아닐까 잠시 이런 생각도 들었습니다. 분위기란 중요한 것이니까요.

이명재 교수님, 이웅재 교수님께 고개 숙여 감사드리고, 회원님들의 끈끈한 이음새에도 뜨거운 애정을 전하고요, 회원들을 대신하여 초창기 어려운 때 초석을 다지신 왕언니, 구자숙 초대 회장님과 다음 주자로 이음새 모임 활성화에 박차를 가하는 데 견인차 노릇을 해주신 최찬희 전 회장님께 감사드립니다. 사정상 오늘 이 자리에 나오지 못하신 회원님들 속히 뵙기를 바라고, 정다운 모임이 계속해서 아름다운 혼과 향을 지니고 이어가기를 바라며 오늘 좌담회를 마치겠습니다. 장시간 이 자리를 빛내 주신 회원님들 고맙습니다.

rheemj@cau.ac.kr

중앙대 졸업, 경희대 문학박사
동아일보 신춘문예 평론 당선
중대 문과대학장 역임
수필집『꿈과 낭만, 그리고 지성』
『글쓰는 생활의 보람』
<우리문학 기림회> 회장
중앙대문과대학 명예교수

글로써 좋은 인연을 이어가며

　2000년 초엽, 한 학기 동안 러시아 극동대학교에 초빙교수로 가 있을 때였다. 3월 중순인데도 캠퍼스 곳곳에 쌓여있는 눈 무더기며 오츠크 해에서 불어오는 북풍의 매운 맛이 새삼 연해주의 해삼위海蔘威임을 실감시켰다. 유일한 그곳 한국학대학 역사 경제학과 4학년 반에서 한국어 강의를 마친 나는 곧장 숙소인 기숙사 방으로 돌아왔다. 우선 뜨거운 홍차로 고독을 달래며 창밖을 내다보고 있었다. 예전 조선극장 자리였다는 건물 옆으로는 아무르 강변을 따라 시베리아 횡단 철로가 눈길 속에 선연했다. 60여 년 전에 먼 중앙아시아로 추방당한 고려인들의 처지를 생각하는 중에 테이블 옆의 전화벨이 울렸다.

　수화기를 들자 '드바 드바 뻬앗(225)호실'이 맞느냐는 교환아줌마의 말에 이어 반가운 목소리가 울려왔다. "안녕하세요? 서울입니다." 지난 달 중순에 흑석동 캠퍼스 수료식장에서 만났던 에세이 반 맏언니회원 이었다. 수인사에 이은 그녀의 이야기는 잠들어 있던 내 무성의를 일깨워주었다. 수료반 동료들은 스스로 글 모임을 갖기로 했다는 것이다. 앞으로 글쓰기 모임을 계속할 터이니 지도를 부탁한다는 청이었다. 특히 글공부하러 와서 1기생으로 마쳤는데

후배도 없이 끊어버린다 싶어 서운하다는 말이 가슴을 찔렀다. 하기야 중앙대의 산업교육원 의뢰를 받은 내가 기획해서 힘들게 수강생 20여 명을 모아놓고 강의하다가 훌쩍 외국으로 떠나버린 셈이니 말이다. 글쓰기 과정을 의뢰해 놓고 이내 중단해버린 당국자 측의 의지부터 문제지만. 우선 적극 참여하여 지원할 것을 약속하고 제물에 달뜬 나는 옆방의 젊은 유학생을 청하여 보드카로 짙은 북국의 한밤을 지새운 바 있다.

그해 여름 늦게 서울에 돌아온 나는 매달 둘째 주 토요일 오후에 한 번씩 만나 수필 합평회를 가졌다. 점차 참여회원들도 늘어나서 여러 곳으로 모임장소를 옮겨 다니면서 아기자기해져갔다. 수료생 이외의 국어교사, 중년주부는 물론이요 한국에 와 있는 조선족 유학생, 그밖에 회사원과 공대 교수, 전직 언론사 간부들도 합류하였다. 서툰 대로 한두 편씩 습작품을 써와서 독후감을 나누고 흥겨운 뒤풀이까지 즐기는 재미가 여간 쏠쏠한 게 아니다. 허구하게 많은 일상생활에서 느끼고 생각한 애환을 글로 표출하는 게 얼마나 힘겹고 보람스런 일인지. 회원들 자신도 점차 글의 묘미와 겸손을 배우면서 나름대로 자신을 얻어가는 듯싶다.

돌이켜 보면, 사실 나는 그냥 좋은 생각으로 에세이 반 회원들을 모아놓고 나서 한동안 여간 고민한 게 아니다. 수강생들에게 처음 수필원론과 글의 구성, 수사법 등을 강의한 후였다. 첫 과제로 제출한 습작품들을 살펴보니 원고쓰기나 제목 짓기부터가 너무 엉망이었다. 단락 짓기도 모를 뿐더러 유행가 이름과 유사한 게 대중없는 넋두리의 나열이라 싶었던 것이다. 이런 사람들을 어떻게 키워서 문단에 내보낼 것인가 자신이 안 서는데다 기대에 어긋난 당사자들의 실망과 불만을 어떻게 감당할까 걱정되어서였다. 실로 이러지도 저러지도 못할 일을 저질러 놓았다는 낭패감이었다고나 할까.

하지만 서너 해 남짓 글짓기 모임을 꾸준히 계속해 오면서 나는 회원 여러분의 숨은 재능과 새로운 성과를 발견하고 놀랐다. 회원 태반이 수십 년 글쓰기 문제에 종사해온 지도교수보다 더 좋은 글을 빚어낸다는 사실이 그것이다. 저마다의 생기 있는 표현이나 느낀 바, 진지한 내용의 깊이들에서 가히 청람의 수준을 보이고 있어서이다. 기초를 다지지 않은 채 서둘러 문단에 나섰다고 눈치로 구박 받았던 회원이 이제 어엿한 수준을 이룬 경우는 대견하게 여겨진다.

그동안 깐깐한데다 칭찬마저 인색한 교수 탓에 힘겨운 글짓기 일을 그만 접을까 했다는 회원에겐 조금은 미안한 생각도 든다. 저마다의 내면에 간직한 재능의 줄기를 찾아내서 다듬고 길러낸 성과이다. 처음 무렵에 스스로 그만 둔 몇 분 말고는 어려운 고비를 이겨내고 계절 따라 천자만홍으로 조화를 이룬 산악 같은 수필의 산마루에 함께 오른 수필 동지 여러분께 감사하면서 축하하는 마음 그지없다.

이제 1999년 가을에 걸음마를 시작한 이음새 에세이나무는 열 개의 나이테에 이르렀다. 10년이면 강산도 변할 만큼 향내마저 싱그러운 과일나무인양 튼실하게 자라며 열매를 맺기 시작했다. 문득 '네 시작은 비록 미약하나 나중은 창대하리라'는 성경 말씀 역시 산 진리로 와 닿는다. 이음새 에세이 회원들은 앞으로 그 이름의 출발처럼 글을 통해서 지난 세기와 금세기에 걸쳐서 각 지역, 다양한 남녀 회원의 마음들은 물론 문단과 사회 여러분에까지 연결해 이으면서 무성한 문학 나무처럼 알찬 글 열매들로써 일용할 영양분을 제공하며 발전해 가길 바란다.

　아무쪼록 회원 모두 초심을 잊지 말고 건승한 가운데 싱그럽고 알찬 거목으로 커나가길 기원한다.

산사나무 옆에서

　2007년 추석 무렵, 재건축되어 아파트로 숲을 이룬 역삼동 집으로 되돌아왔다. 그해 가을부터 나는 서재 앞에 덤으로 주어진 창밖의 베란다 공간을 가꾸기 시작했다. 퇴촌의 주말 농장에서 한 포대씩 승용차로 흙을 날라다 북돋았다. 그리고 영산홍에 넝쿨장미며 국화를 사다 심고 더러는 서울 근교의 야생화들도 옮겨 심었다. 정년 이후 더 많은 원고쓰기에 시달린 심신을 식히고 운동효과를 거두기에 안성맞춤이다. 더욱이 어릴 적부터 봄, 가을마다 고향집 넉넉한 마당 귀퉁이에 온갖 꽃나무들로 화단을 가꾸던 동심을 되살리는 감흥도 새로운 삶을 누린다 싶다.

　평소 내가 서재를 나서면 주중이나 주말에 가끔씩 가까운 매봉산을 오르거나 선릉공원 숲길을 한 시간쯤 걸어서 자신을 추스른다. 되도록 아침저녁 틈틈이 동네 정원을 산책하며 짐짓 여유로운 일상을 찾는다. 스적스적 우리 동네의 전나무며 고만고만한 회양목 길을 스쳐서 분수 옆에서 화사한 웃음을 띤 배롱나무 곁을 지난다. 고층으로 치솟은 아파트들마다 겨루듯 푸른 나무숲이나 연못을 곁들인 화단으로 가꾸어져 조금은 위안이 된다. 서로 다투어 콘크리트 벽으로 푸른 하늘을 가린 대신에 녹색 숲으로 보상해주는 셈인가.

아직은 한산한 이웃 중고교 운동장 가에 둘러선 소나무와 참나무의 피톤치드 숲 향기가 가슴 깊이 스며드는 듯 싱그럽다. 한껏 숨을 고른 나는 거기 체력단련 장에 마련된 도구도 활용한다. 큰 활차에 어깨 돌려 펴기, 로라 마사지 머신에 몸통 두드리기, 트위스트 머신에 허리유연성 키우기 등으로 몸을 푼다.

그리고 돌아오는 길에는 숨을 고르며 으레 우리 동 뒤쪽에 자리 잡은 미니공원을 둘러본다. '사계절 감성공원'에는 이름답게 자잘한 야생식물들이 손짓하며 늘 반기고 있다. 꽃도라지, 옥잠화, 바위치, 구절초, 상록 패랭이, 참다리, 노랑꽃 창포, 오색 기린초, 흰 분꽃, 황금조팝 등. 이들은 고만고만한 제 이름표를 달고 모여 지낸다. 그들 속에서 저절로 대머리 소년이 된 나는 그 옆의 큰 바위에 걸터앉아 잠시 하루의 긴장을 푼다. 솔 울타리 너머 학교운동장에서 공차기 하는 젊은이들 모습도 씩씩해 보인다. 주위에 주렁주렁 탐스런 열매를 단 감나무 때문만이 아니다. 저만치 한가운데 우뚝 선 채로 묵은 동무처럼 청하는 그 큰 나무를 외면할 수 없다. 수령이 실히 100년은 넘었음직하게 돋보이는 나무이다. 훤칠한 겉모습과는 달리 힘겨운 듯 꾸부정한 허리께에는 고목처럼 파인 자국에 너덧 알 빨간 앵두 같은 열매를 담고 있다. 바로 곁에 설명을 담은 푯말에 의하면 강원도 홍천에서 옮겨온 산사목山査木이다. 우리말로는 '아가위'나무로도 부르는데 중국서는 악귀로부터 집을 지켜주는 벽사辟邪 나무란다. 서양서는 벼락을 막아준다는 뜻을 지닌 'Hawthorn'으로서 그들 성씨로도 쓰이는 정도며 흰색으로 피는 5월의 대표적인 꽃이라서 '메이 플라워'.

문득 내 어릴 적 우리 시골집 약장에 즐비하게 붙어있던 흰칠 빛의 '山査' 글씨와 짙은 약초냄새가 물씬 풍겨 옴을 느낀다. 한약방을 경영하시던 아버지께서 곧잘 첩약을 지으실 적마다 때 묻도록 다루시던 약재이다. 인터넷 검색란에도 산사열매는 특히 어혈을 풀고 혈액순환을 돕는데 특효가 있다고 동의보감에 기록돼 있다고 전한다. 열매모양이 꼬마능금 같아선지 사과 맛을 풍긴다. 그리스에서는 신혼부부에게 행운을 부른다며 결혼식에 하객들이 산사나무 잎과 열매를 지니고 가고, 로마에서도 신방을 산사나무 횃불로 밝힌다는 정보이다.

금년가을에는 내가 서재 앞에 검붉게 익은 포도알이랑 대추알을 여러 알 따서 식구들에게 선사하는 기쁨을 누린다. 그리고 우리 감성 공원의 산사나무 아래서 마치 홍보석인 양 앵두모양으로 풀잎 속에 숨어 있는 그 열매를 줍는 낭만을 만끽하곤 한다. 그때마다 나는 철없는 대머리 소년이 되어 동심을 머금고 숱한 옛 추억을 되살리며 닮는다. 그럴수록 오히려 내 마음은 문득 가슴 저미는 상실감과 그리움으로 자꾸만 눈시울이 뜨거워 옴을 어이할지 모르겠다. 떠나온 고향산천 벗들이며 멀리 가신 어릴 적 부모님이 그리워서인가. 다시 한 해가 가기 전에는 언제쯤 소중한 사람들과 오붓한 자리를 함께하고 싶다. 그 자리서 작년부터 손수 담그어 둔 산사춘 약술과 향긋한 산사차를 마시며 못다 했던 정담을 밤새도록 나누고 싶다.

leewj1004@hanmail.net

연세대학교 국문과 졸업
중앙대학교 대학원 문학박사
<수필문학> 수필, <한맥문학> 소설 등단
동원대학교 출판미디어과 교수, 학술정보센터장 역임
한국수필문학가협회 행사분과위원장
분당문학회 회장

모란시장

　군에 간 아들에게서 편지가 왔다. 눈물이 나도록 반갑다. 허겁지겁 뜯어본 편지에는 인사치례의 안부, 예컨대 "아주 편안하게 군대생활을 잘 하고 있으니 걱정하지 마시라."는 말이 주종을 이루었는데, 그 중에 약간 이질적인 것이 있어 눈길을 끌었다. 아들은 최전방 G.O.P.에 배치되어 있는데, 막사에 쥐새끼란 놈들이 오락가락하는 통에 밤잠을 제대로 잘 수가 없다고 했다. 그래서 쥐덫 하나만 사서 보내줄 수 없겠느냐는 부탁이 아주 절실한 느낌으로 전해졌다.

　12지신支神의 첫 번째인 쥐는 '영리하다', '재빠르다', '머리가 좋다'라는 일반적인 관념 외에, 어떤 재앙이나 농사의 풍흉, 뱃길의 사고를 예견해 주는 영물로 인식하기도 하지만, 일상생활에서의 쥐와의 해후는 대부분의 사람들이 기피하려고 하는 것이 일반적인 추세라고 하겠다. 먹을 것을 도둑질하고, 멀쩡한 가구를 갉기도 하며, 아, 무엇보다도 불결하고 징그럽다는 인상을 주는 놈이 바로 쥐새끼다. 우리가 통상 '쥐'라는 단어를 사용하기보다는 '쥐새끼'라는 말을 사용하는 것만 보아도, 놈들이 우리 인간들에게 얼마나 멸시를 당하는 존재인지를 짐작할 수 있을 것이다.

　그러한 쥐새끼가 내 소중한 아들의 막사에서 이리 쿵쾅, 저리 퉁

탕한다니 얼마나 열이 뻗치던지……. 그래서 당장 쥐덫을 사러 나섰다. 그런데 그게 쉽지가 않았다. 철물점이라는 철물점을 돌고 돌아도 쥐덫을 파는 곳은 없었다.

"아, 요새두 쥐가 있어요?"

철물점 주인마다 할 줄 아는 말은 그 말뿐인지, 찾아가는 곳마다 그 소리만 듣고는 했다. 이를 어쩐담? 생각생각 끝에 모란시장을 떠올렸다. 없는 것이 없다는 모란시장이 아니던가? 부리나케 모란시장으로 향했다. 모란시장은 역시 위대했다. 쥐덫을 만나게 되는 순간, 나는 자동적으로 '모란시장은 위대하다.'는 명제를 떠올렸다. 정말이지 모란시장은 위대했다. 처녀 불알도 사려고만 하면 살 수 있는 곳이 모란시장이 아닐까 싶었다.

5월 29일, 모란장날이다. 모란장은 5일장이라서 4일, 9일이 붙는 날에 선다. 그 장날에 니즈 웨딩홀에서 '성남 모란의 과거와 미래'라는 주제로 학술회의가 열렸다. '위대한 모란시장'을 바르게 알아야겠다고 생각하여 가까운 사람 몇 분과 함께 학술회의를 참관하기로 했다. 주최 측인 성남문화원의 원장 이하 여러 직원들이 반갑게 맞이한다.

'모란개척단' 단장이었던 김창숙 예비역 육군 대령(1926~1991)의 아들로 헌병감을 지낸 예비역 육군 소장 김시천 씨가 모란개척 당시의 일화들을 소개했다. '모란'이라는 지명은 1948년 북한을 탈출한 자신의 부친인 김창숙이 고향인 평양에 두고 온 어머니 하씨何氏에 대한 그리움으로 붙인 명칭이라고 했다. 사적私的인 선호選好의 문제로 귀속시킨 설명이 좀 아쉬웠다. 이는 아마도 통일이 되어 모란봉까지도 우리 대한의 국토가 되기를 바라는 심정에서 명명한 이름을 지나치게 축소 해석을 한 때문이리라.

모란개척단에서는 1961년 봄, 단대천에 제방을 쌓기로 하고 미군부대와 한국군 공병대의 군용장비를 지원받아 단대 오거리 부근에서 모란예식장까지 둑쌓기 작업을 시작하였다고 한다. 군부대의 장비를 정부나 지자체 차원의 사업이 아닌 개인적인 개척사업에 지원할 정도였다면, 그 사업은 상당히 공공公共의 관점에서도 바람직한 사업이었을 뿐만 아니라, 성공할 가능성도 매우 높은 사업이란 판단이 작용했던 것이 아니었을까?

그런데 1971년 2월 10일 '모란단지 사건'이 일어났다고 한다. 모란개척단의 개간사업은 삽과 곡괭이로 수십 평 또는 수백 평의 자갈밭을 일구어 나가는 형편이었는데, 1970년 겨울 서울시에서 개발하던 광주대단지에 부동산 투기 붐이 일어 서울시로부터 전매행위 금지조치가 내려지자, 부동산투자가들의 관심이 인근 모란단지로 옮겨지면서, 개척단장 김창숙은 거물급 인사들을 배후에 구성해 놓고 당국의 허가도 없이 대규모 사업계획을 발표하고, 무리하게 모란단지에 대한 개발과 분양사업을 추진하였다는 것이다. 그리고 이러한 사실이 사직당국에 고발되었고, 1971년 김창숙은 5년형을 선고받게 되었다는 것이다.(발표자 윤종준의 글에서 요약)

이후, 서울시는 인구 분산 정책의 일환으로 성남시를 건설하여 자립능력이 없는 철거민을 집단으로 이주시키면서 모란이라는 지명을 행정구역 명칭으로 채택하지를 않았는데, 그 원인이 여기에 있지 않았을까 싶어 매우 아쉬운 대목이었다. 어쨌든 그러한 연유로 하여 광주군 돌마면 하대원리였던 모란은 현재 성남시 성남동

일부로만 남아 있게 되었던 것이다.

성남에는 '모란'이 없다. 지하철 '모란역'은 있지만, 어디서부터 어디까지가 모란인 줄은 알 수가 없다. 하지만, 1961년 사람들을 모이게 하기 위해 개설되었던 '모란시장'은 이제 전국적인 명성을 획득하여 5일장 시장市場의 대명사가 되었으니, 김창숙 단장의 선견지명과 아울러 그를 따르던 개척단원 50여 명의 노고는 잊지 말아야 할 것으로 생각된다.

모란시장은 아직도 여러 가지 도전에 직면해 있다. 성남시에서는 시장의 위치가 주로 복개천 위, 공식적으로는 도로를 점유하고 있기 때문에 인근 지역으로 옮기겠다고 한다. 하지만, 계획적으로 만들어 놓은 시장에서는 자연적인 시장의 맛을 풍길 수가 없을 것이다. 무질서한 듯이 보이는 그곳에 정작 우리 재래의 시장의 맛이 살아 숨 쉬는 것이 아닐까?

물건 값을 소리 높여 외치고, 한편에서는 그것을 또 에누리하느라 설전을 벌리고, 또 다른 한쪽에서는 소매치기에게 고쟁이 속의 꼬불쳐둔 비상금을 털리기도 하고, 그런가 하면, '홍도야, 우지 마라, 오빠가 있다.'는 서글픈 노랫가락을 틀어주며 동전 한 닢을 구걸하는 걸인 앞에서, '주 예수를 믿으라, 천국이 가까웠느니라.' 하는 엄포성 전도가 행해지기도 해야 하는 곳, 그곳이 바로 쥐덫도 파는 모란시장이 되어야 하는 것이 아닐까? 모란시장은 그 과거야 어떻든 스스로 살아남아 왔고, 앞으로도 제 스스로 살아남아가야 할 것이다.

5월 29일, 오늘은 모란장날이다. 장터에 가면 녹두지지미가 별미인 막걸리집이 있다던데, 오늘은 우리, 그곳에 가서 한 잔, 얼큰하게 취해 보는 것은 어떨까? 모란시장의 자생력을 위하여…….

미쳤군, 미쳤어

모임에 나갔다. 정식 안건 이전에 서로들 정담을 나누고 있었다. 한 친구가 말했다.

"난초가 일 년에 두 번씩 꽃이 피기도 하나요?"

봄에 꽃이 피었는데 지금 또 꽃대가 실하게 올라온다는 것이다. 글쎄, 그럴 수가 있을까? 곰곰 생각 중인데 회원 중 한 사람이 말한다.

"미쳤군, 미쳤어!"

그래, 그건 미친 거다. 완전히 계절을 잊어버린 거다. 우리는 가끔 그렇게 미치지 않는가?

한편, 꼭 나와야 할 친구가 나오질 않는다. 웬일이지? HP을 때렸다. 요즘 젊은 애들이 좋아하는 요란스런 벨 소리가 들리더니 드디어 친구의 목소리가 등장한다.

"여, 오래간만이야, 그 동안 잘 지냈어? 어쩌구……"

"그래, 잘 지냈다, 어쩔래?"

"잘 지냈으면 됐지, 근데, 왜 시비是非야?"

"시비 안 따지게 됐어? 지금이 몇 신데 아직 무사태평이냐구…"

“건 무슨 소리야?”

“무슨 소리? 오늘 우리 모임이라는 거 몰라? 지금 거기 어디야?”

그제서야 그 친구 목소리가 졸아들기 시작한다.

“깜빡했어, 미안해.”

그 친구는 그래도 시간이 늦긴 했지만 참석은 했다.

“지난 번 모임 때는 못 나와서 미안합니다.”

정중하게 사과하시는 우리 왕회장님. 그런데 어느 여회원의 말한 마디로 그만 상황이 급반전해 버렸다.

“왕회장님, 지난 번 모임 때 나오셨는데요.”

그래서 우리는 뒤늦게 청문회를 가졌다. 따지고 따지고 따지다보니, 우리 왕회장님 지난 번 모임 때 분명히 출석하시었다. 나 원참!

어떤 분의 얘기가 생각난다.

아내와 함께 은행엘 갔단다. 예금주는 아내, 그걸 찾으려니 출금전표에 아내 이름을 써야 하는데, 도대체가 생각이 나질 않더라는것이다. 그래서 내린 용단.

“당신, 이름이 뭐지?”

제 이름 잊어버리지 않은 게 다행이랄까? 그렇다. 잊어버리는거, 그게 좀 심해지면 치매가 되는 건 아닌가? 예전엔 그걸 망령들었다고 했었지, 아마?

다시 한 친구의 말. 느닷없이 온몸에 열이 오르며 얼굴이 확확 달

아오르는 증상이 있어서 동네 병원을 찾아갔단다. 그랬더니 의사 선생님 왈,

"산부인과엘 한번 가 보세요."

하면서 자기가 잘 아는 산부인과를 소개까지 시켜 주더란다. 여자들이 왁자지껄하는 곳이라서 갔다가는 되돌아오고, 되돌아오고 하다가, 안 되겠다 싶어서 안면 몰수하고 원장실 문을 열고 보무도 당당하게 행진을 하였더란다.

"무슨 일이신지? 어쩌다 젊은 여자 분을 잘못 건드렸나요?"

"젊은 여잘 잘못 건드려요? 내가 아파서 왔습니다. 내가."

"어떻게요? 임신하신 것도 아닐 테고"

"답답하기는 내가 답답해요. 이러구러한데, 내 잘 아는 의사'놈'이 꼭 산부인과로 가 보라는구만요."

그는 '놈'자에 힘을 주고 말했단다. 그랬더니 그 산부인과 여의사 왈,

"아, 그러시군요. 그거 갱년기 증상이네요."

"갱년기 증상이라고 했나요?"

"예, 보통은 여자분들에게 오는 증상이지만 가끔은 남성분들에게서도 똑 같은 증상을 발견할 수가 있지요."

그 친구, 그래서 반은 여성이 되어서 산부인과를 나왔다는 것이다.

자연히 잊어버리는 일이 화제로 등장하였다. 누군가가 사가망처徙家忘妻, 이사를 가면서 아내를 잊었다는 말을 했더니, 그런 시대에 맞지 않는 고리타분한 얘기는 하지를 말란다. 요샌 여성상위 시대, 잘못하다간 이사 갈 때 버려지는 수도 있으니 조심들 하란다. 혹시

라도 저를 떼어놓고 이사 갈까 봐 걱정이 되어서 장롱 속에 들어가 있었던, 조금은 덜 떨어진 남편도 있었단다. 아무리 기다려도 장롱이 움직이질 않더라는 것이다. 나중에 알고 보니, 붙박이장이 있는 집으로 이사를 가게 되어서 낡은 장롱은 필요가 없었더라나? 나는 아직까지 장롱 속에 들어가 본 적은 없지만, 앞으로도 절대로 장롱 속엘 들어가는 일일랑 행하지 말아야겠다는 다짐을 하면서 가슴을 쓸어내렸다.

손에 자동차 키를 들고 자동차 키를 찾는 일쯤이야 고전적인 경우이고, 컴퓨터를 하다가 갑자기 누구에겐가 꼭 통화할 일이 있는 걸 깜빡했다는 생각이 나서 전화통 앞에까지 가서는, "내가 여기 왜 왔지?" 하는 것 정도도 얘깃거리가 못된단다.

잊어버리고, 잃어버리고……. 하지만 그런 건 걱정할 필요가 없다. 금방 보고 들은 것은 고스란히 현장재현까지 해 가면서 정확히 기억해낼 수 있는 천재라 하더라도, 그걸 10년 20년 뒤에도 잊지 않고 기억해낼 수 있는 사람이 있을까? 어떤 연유로 해서 그 일이 잊혀질 수 없는 일이라서 20년 동안 가끔 그것을 머릿속에 떠올리고 떠올리고 했던 사람에게서는 그 기억의 재생이 가능할 수도 있다. 그러나 일반적으로는 별 대수롭지 않았던 기억은 순간순간 잊어버리게 마련이다.

나는 그 잊어버린다는 일을 무척 다행스럽게 생각한다. 잊어버리지 말아야 할 것도 잊어버리는 게 문제가 되기는 해도, 내가 여태 겪었던 일들을 몽땅 기억하고 있다면, 우리는 단 한 순간도 이 세상

을 살아나갈 수가 없을 것이다. 가장 가까웠던 친구와도 예전에 대
들이판 싸웠던 일이 생각나서 함께 지낼 수 없을 것이요, 사랑하는
애인과도 장래를 약속할 만큼 순수한 마음으로만 지냈을 수는 없을
것이 아닌가? 사사건건 지난날의 불쾌했던 기억이 되살아난다면
어찌 이 긴긴 인생살이를 무사하게 마칠 수가 있겠는가?

잊을 수 있다는 것, 나는 그것을 매우 다행스러운 일, 인간이기에
지니게 되는 숙명적인 일이라는 점을 십분 인정하기로 했다.

구자숙

abaya101@hanmail.net

1937년 경기도 여주 출생
경기여고 이대 국문과 졸업
서울 혜성여고 교사
사)한국꽃예술작가협회 이사장 역임
중앙대학교 산업교육원 에세이 전문과정 수료
2002년 <문학마을> 수필등단
이대동창문인회 이사
한국문인협회, 가톨릭문인회 회원
이음새 문학회 초대회장.

나의 길잡이

어머니 !

세찬 바람과 함께 눈보라가 몹시 치던 날 밤, 어머니는 하얀 소복 차림으로 이 딸을 찾아오셨었지요. 1972년 내가 한국을 떠난 지 두 달쯤 되었을 때 꿈속에서였습니다.

낯선 땅에서 적응하느라 서울 식구들에게는 소식을 전했지만, 시골에 계신 어머니께는 차일피일 미루고 있던 때였어요. 어머니는 입을 꼭 다무신 채 한참 동안 서서 저를 바라보고 계셨는데, 꿈속에서도 바쁘게 사는 것을 핑계로 어머니께 소홀히 했던 것이 죄스러워 머뭇거리다, 문득 불길한 생각이 들어 잠에서 깨었습니다.

곧 펜을 들었지요. 허약하신 어머니가 늘 걱정은 되었으나, 설마 별일이야 있겠나 싶어 밀쳐놓았던 일이었습니다. 늘 그 자리에서 언제나 고향을 지켜주시고, 딸을 생각하면서 오래오래 사실 줄 알았습니다. 그런데, 이럴 수가….

저의 편지를 받으신 지 3일 후, 딸의 손목을 잡듯이 편지를 꼭 쥐고 운명하셨다지요. 어머니께서 이 못난 딸을, 다시는 만날 수 없는 곳으로 떠나신 후에야 어머니의 삶이 아파오고, 어머니의 목소리가 파도처럼 밀려와 가슴을 적시곤 했습니다.

어머니!

아들을 못 낳았다는 죄로 아버지는 새어머니께 빼앗기고, 엄마 곁에서 살겠다고 떼쓰던 이 딸마저 아버지께 보내놓고는 어머니는 항상 외롭고 아프고 억울하게 사셨습니다. 양어장과 과수원이 둘러 있는 외딴집에서 일 속에 파묻혀 사신 어머니. 증조할머님과 시부모님 그리고 시누이 셋을 모시느라 짓눌려 주눅까지 들어 보이는 어머니는 마른 가랑잎처럼 늘 힘없고 연약하게만 보였습니다.

방학이나 되어야 겨우 볼 수 있는 딸이 그리워 늘 목말라하시다가 만나게 되면 내 얼굴을 살뜰하게 살펴보시면서, 서울에서는 제대로 먹이기나 하고 빨래는 잘 해주는지, 온갖 시시콜콜한 것까지 물으시는 통에 저는 늘 짜증을 부리곤 해도, 저에게는 그 절실한 사랑만큼이나 흐뭇한 웃음만을 주시던 어머니였습니다.

양어장에서 키우는 자라를 잡아 그 피를 할아버지만 드시곤 하셨는데, 어머니는 새벽이면 몰래 선잠을 깬 딸의 코를 꼭 쥐고 자라 피를 약으로 삼키게 하셨었지요. 솔직히 그걸 먹는 게 전 너무나 싫었습니다.

"네가 아들로 태어났더라면, 에미의 팔자가 이렇지는 않았을 게야"

건강하게 커서 에미 몫까지 합쳐 잘 살아야 한다며 긴 한숨 내쉬곤 하셨지요.

어머니!

어제는 광복 60주년 기념 <아! 어머니>란 행사장에 갔었습니다. 그곳에 만들어 놓은 옛날 고향 풍경과 이발소, 사진관, 만화 가게를 보면서, 광복 후 60년 세월 동안 이 딸은 문득 어머니 사랑에 푹 빠져 있었습니다.

　양어장 얼음판에서 썰매를 밀어주시던 일, 의자 위에 빨래판을 얹어놓고 그 위에 올라앉아 머리를 깎던 일들이 꼬리를 물고 되살아나더군요. 해방되던 전 해에 일곱 살이던 저를 여주초등학교에 입학시키고 돌아오는 길에 사진관에 들렀던 일, 6.25전쟁 피난 시에는 세상이 무서워 남장男裝을 시켜 얼굴에는 숯검정을 칠해주신 어머니를 그곳에서 만나 볼 수 있었습니다.

　어머니 !

　제가 가장 가슴 아프게 생각하는 것은 아버지가 일본 유학시 방학에 고향에 다니러 오셨다가, 소문난 좋은 가정에서 성장하고, 미모까지 갖춘 어머니를 보시고는 첫눈에 반해, 열아홉 살 동갑 어머니와 서둘러 결혼하셨다지요. 그런데, 아들 못 낳은 이유 하나만으로 평생 아버지를 그리워하며 홀로 사셨던 어머니의 아픔을, 제가 젊어서는 전혀 헤아리지 못했습니다. 지금이라도 어머니께 용서를 빌겠어요.

　주암리 큰 외삼촌과 서울 광희동 이모는 어머니 이름이 '김현옥'이가 아니고, '김복둥'이라고 하시더군요. 상주에서 사시던 외할아버지는 어머니 열 살 때, 주암리 옥녀봉 광산에서 노다지가 쏟아져 나와 어머니를 '복둥이'로 부르고, 주암리로 이사를 하게 되었다지요. 그리고 온 가족이 어머니 덕분에 서울 구경을 인력거 타고 했다던데, 결혼 후에 '복둥이'가 '천둥이'가 되었다고, 안타까워하시던 얘기를 종종 들었습니다.

　어머니 !

　가족에게 보여주신 어머니의 희생과 인내는 마치 수행하는 성녀를 닮았다는 생각을 했습니다. 어머니는 아버지께 한결같이 잘 하시고, 서울 새어머니나 대가족이 사는 양어장집 식구들에게도 큰소리 한번 내신 적 없이 화목하고 인정 있게 사셨습니다.

내가 결혼하여 생활하면서 더욱 어머니가 존경스럽고, 때론 그 삶이 신비스럽기까지 합니다. 항상 흰색이나 옥색 한복만을 입으셨던 어머니는, 성당엘 다닐 수 없는 환경에서도 하얀 옥잠화가 핀 꽃밭 앞에서 천주님과 성모님께 온 가족의 건강과 평안을 위해 기도하셨습니다.

제가 독실한 가톨릭 신자를 만나 혜화동 성당에서 혼배 성사를 올린 것이나 온 가족이 신앙생활을 할 수 있었던 것은 모두가 어머니의 기도 덕분이었을 것입니다. 어머니는 노후에 아버지를 '스테파노'로 전교하셨고, 할머니는 '마리아'로 대세를 받으신 후 운명하셨으니 결국 어머니의 정성이 그분들을 하늘에서 다시 태어나게 한 셈이지요.

어머니!

영적으로 많은 영향을 주신 어머니!

힘들고 어려울 때 어머니를 부르면 언제나 나의 길잡이가 되어주시는 어머니!

건강하라며 자라 피를 억지로 먹이시던 어머니의 연세보다 20년을 더 살고 있는 이 딸은, 어머니가 하고 싶으셨던 몫까지 다 챙겨서 실천하며 사느라 바빴습니다. 이제 많은 세월이 흐른 이때, 적잖은 나이에 이르니 '어머니!' 라고 무심히 부른 말 한 마디에도 가슴이 메이고, 그 위에 눈물이 언칩니다.

어머니! 보고 싶어요.

파이프

　우리 집 거실에 있는 장식장에는 다양한 종류의 '파이프'가 진열되어 있다. 남편이 담배를 무척 즐기며 피우던 30대 때, 해외에서 온 친구로부터 파이프 한 세트를 선물 받은 것이 그 계기다. 파이프를 반들반들하게 닦아주는 융단수건, 그 속을 청소하는 섬세한 도구들, 그리고 다양한 종류의 파이프 책자까지 들어 있었다.

　세월이 가면서 본인이 사거나 친지들로부터 받은 것이 하나 둘씩 늘어나면서 쉽게 컬렉션으로 이어졌다. 남편은 제각각 얼굴이 다른, 수집된 파이프를 마치 친구와 악수하듯 만지고 닦아 주더니, 어느 날 거울 앞에서 파이프 담배를 피워보는 연습 끝에 차츰 궐련 피우는 횟수가 줄어들었다.

　주위 사람들이 궐련을 피울 때, 남편이 파이프로 담배를 피우는 그 모습이 왠지 멋스럽게 보였다. 그는 겨울철에 특히 파이프를 즐겨 피우곤 하였다. 파이프를 오른손으로 감싸 쥐고 엄지로 담배를 꾹꾹 누른 후 불을 붙이고는 조심스럽게 연기를 내 뿜는다. 또한 입을 오므리고 담배연기로 도우넛을 만들어 하늘을 향해 날리기도 한다. 남편은 아마 서부영화에서 파이프를 피우는 멋있는 배우를 상상하며 흉내 내는 것 같았다.

사실 나는 남편이 담배 피는 모습을 싫어한 적이 많았다. 특히 길이가 점점 짧아지는 꽁초가 손가락 사이에 있는 모습은 왠지 초조해 보이거나 궁색해 보여서이다. 그런데 파이프를 입에 물고 서 있으면 위엄이 있고 자신감과 여유까지 보여서 훨씬 남자다워 보였다. 또한 파이프를 어르만지는 손길은 따뜻하고 정감 있게 느껴졌다.

영국에 여행 갔을 때, 나는 런던에서 바바리코트를 구입할 계획이었으나 그 비용으로 파이프를 사고 말았다. 아마도 은은한 파이프의 좋은 향과 그 즈음에 읽었던 서 경윤의 글이 떠올랐기 때문이었다. 파이프를 부부생활에 비유한 글귀가 늘 귓가에서 맴돌았다.

'어떤 사람은 사랑을 권련쯤으로 생각하는 것 같다. 자기가 필요한 때에만 피우고 그냥 훌쩍 버리기만 한다거나, 배우자를 자신의 편의를 위한 도구로 생각하는 사람들이 바로 그들이다. 불이 꺼져 사랑이 식어버린 파이프를 입에 문채 다시 그것에 불을 붙이려고 노력하지 않는 사람은 결국 실패하게 되어있다. 그러므로 부부가 되면 계속 정성을 다해서 서로 다듬고 손질하면서 사랑의 불을 지펴야 한다'는 내용이다. 부부가 함께 산다는 것이 때로는 짜증나게 신경이 많이 쓰이고 번거로운 때도 있다. 하지만 귀찮게 여기지 않고 서로에게 정성을 쏟을 때에는 사랑을 가꾸는 재미가 생기므로, 이때만이 마음의 안정과 평화를 누릴 수 있게 된다. 그리고 부부가 진정으로 서로를 사랑하고 아끼는 것은 주위 사람들에게 향기를 풍길 뿐 아니라 보기에도 무척 좋아 보인다.

나는 '파이프'를 보기만 하면 부부에 대한 생각이 떠올랐다. 서로 소중히 여기며 닦아주고 길들이면서 아껴주는 부부가 되도록 해야겠다는 생각도 하게 되었다.

파이프를 선물했던 그 친구는 금년에도 우리 집에 다녀갔다. 지금도 한국에 오면 어김없이 중학생 때 등산부였던 동창들과 북한산과 도봉산을 오른다. 그리고 갈비집 조선옥과 곰탕집 하동관을 빠짐없이 찾는다. 옆에서 그들의 대화를 들어보면 언제나 똑같이 형이니 아우니 하면서 싸운다. 꽁초담배를 주워 피우고 입담배를 말아 피우던 시절에 있었던 서열 싸움으로 이어져, 끝내는 '제수씨'니 '형수씨'로 끝을 낸다.

나는 '파이프' 선물을 한 친구가 농담으로 '제수씨'라고 부르는 것이 싫지 않았다. 그는 우리 부부가 파이프에 불이 꺼지지 않도록 평생 관심을 쏟아 준 형님 같은 친구이기 때문이다.

최
찬
희

chanhi1658@hanmail.net

중앙대학교 대학원 국문과 졸업
2002년 <문학마을> 수필 등단
이음새 에세이문학회 2대 회장

거울 속 친구

"어이, 거기 그렇게 앉아 있지만 말고 얼른 나와서 밥 먹어!"

아랫집 동수네로 마실 가셨다는 큰형님을 찾으러 그 집 마당에 들어서니, 동수 엄마는 보이지 않고 동수 할아버지의 고함 소리만 들린다. 혹시 방안에 모여들 계시나 싶어, 쪽마루와 연결된 안방의 창호지문 가운데에 난 조그만 유리창 안을 들여다보았다. 그러나 어둑해진 방안에는 할아버지만 혼자 덩그러니 밥상 앞에 앉아 계셨다.

동수엄마와 형님이 안 계신 걸로 보아, 아마도 동수 엄마는 시아버님 저녁상을 일찌감치 차려 드리고 두 아낙이 다른 집으로 또 마실을 간 모양이다. 집으로 돌아가려는데 다시 할아버지의 쩌렁쩌렁한 목소리가 들렸다.

"이런 염병할, 아, 밥 안 먹어? 어여 나와!"

문득, 빈 방에서 누구에게 저리 호통을 치시는 건지 궁금해져서 다시 방안을 엿보게 되었다. 그런데, 할아버지께서는 윗목에 놓인 장롱의 거울에 비친 당신을 보면서 마치 친구인 양 연신 이야기를 하고 계시는 것이 아닌가. 그러다가 거울 속 친구가 계속 말을 안 듣자 손수 불편한 다리를 이끌고 앉은뱅이걸음으로 윗목까지 올라가서 거울이 달린 장롱 문을 드르륵, 열어 제치신다. 그러나 장롱

안에는 캄캄한 어둠만이 있을 뿐이다.

"이런, 이 늙은이가 그새 어딜 갔어?"

할아버지는 친구가 그새 건넌방으로라도 건너 간 줄 아시는지 궁시렁거리면서 장문을 닫는다. 그러자 눈앞에 다시 친구의 모습이 나타났다. 할아버지는 반가운 마음에 그 우람한 팔뚝에 힘을 주어 다시 장문을 힘차게 열어젖히신다. 그러나 역시 장롱 안에는 어두운 적막만이 노인의 흔적을 삼키고 있을 뿐이다.

"이러언 염병할 늙은이 같으니라구, 아, 싫으면 관 둬!"

할아버지는 골이 잔뜩 난 아이처럼 투덜대면서 다시 앉은뱅이걸음으로 아랫목까지 내려와 수저를 드신다. 그러면서도 여전히 맞은 편에서 꿈쩍 않고 앉아 있는 노인이 걱정되는지,

"이봐, 밥 안 먹으면 금방 뒈져! 어여 일루 나와서 같이 먹자구!"

하면서 거울 속 친구에게 눈을 흘긴다.

어둑해진 방안의 진풍경에 웃음이 나면서도 문득 쓸쓸함이 가슴에 내려앉는다. 불과 몇 년 전까지만 해도 얼마나 정정하셨던 분인가.

처음 동수 할아버지를 뵀을 때가 벌써 이십여 년 전이다. 두 번째 아이가 유산되는 바람에 이곳 파주의 큰형님 댁으로 몸조리를 하러 내려와 있을 때였다. 방안에 누워 있다가 마당에서 들리는 왁자지껄한 소리 때문에 아이를 잃은 시름도 잠시 잊고 창호지문 밖을 내다보았다. 우물가에 산후조리에 쓸 요량인 큼지막한 한우 꼬리가 눈에 들어왔다. 푸줏간 주인인 아랫집 동수 아버지가 특별히 좋은 놈으로 골라 보내준 꼬리를 형님과 동수 엄마가 두툼한 널 위에 올려놓았다. 그러자 소싯적 힘 꽤나 쓰셨다는 우람한 체격의 동

수 할아버지께서 "어이, 그놈 한 번 자알 생겼다!" 하시며 두 손바닥에 침을 탁, 뱉으시더니 떡메 휘두르듯 도끼로 꼬리를 패어 자르시던 모습이 지금도 눈에 선하다.

소싯적, 동수 할아버님께서는 나의 시아버님과 함께 우전으로, 포목전으로, 싸전으로 다니시며 장사를 하셨다고 한다. 돌아가신 시아버님께서는 가끔씩 그 옛 이야기를 마치 영웅담이라도 되는 양 내게 들려주시곤 했다. 그러다가 문득, 옛 친구 생각이 간절해지는 날이라도 될라치면 뜬금없이 채근을 하시는 통에 파주까지 모셔다 드려야 했다. 그러나 두 분은 그저 햇볕 따뜻한 대청마루에서 몇 마디 말씀도 없이 담벼락에 피어난 인동초만 물끄러미 바라보시곤 했었다.

그때까지만 해도 동수 할아버지는 팔순을 넘기셨지만 불뚝 나온 배를 안고 뒷산에 올라가 밭도 고르시고, 넘어질 듯 뒤뚱뒤뚱 내려오는 길에는 해실해실한 진달래도 한 아름 꺾어 지게에 담아 오실 정도로 기력이 좋으셨는데, 지금은 그만 정신마저 놓쳐 버리신 모양이다.

막내며느리인 내 손에 마지막 중풍수발을 맡기셨던 우리 아버님도, 위아래 집에서 서로 자매처럼 지내셨던 우리 어머니와 동수 할머니도 이제는 모두 동수할아버님 곁을 떠나셨다. 그러나 어둑한 방안에 앉아 계시는 할아버지의 마음에는 아직도 그 정겨운 사람들이 살고 계신다. 거울 속에서나마 이바구도 나누면서….

다시 들려오는 할아버지의 쩌렁쩌렁한 목소리를 두고 뒤돌아 대문을 나서는데 앞산에 노을이 유난히 붉다. 갑자기 한동안 잊고 지냈던 내 시아버님이 몹시 그리워진다.

새끼 고양이

휘몰아치는 눈발과 함께 한파가 겹친 설 연휴였다.

젖을 뗀 지 그리 오래지 않은 듯한 새끼 고양이 한 마리가 가게 주방의 닥트 위에 나타났다. 송풍구에서 밀어내는 훈김을 따라 천장과 벽의 틈새를 비집고 내려온 것 같았다. 손을 휘저어 쫓아 보았지만 도무지 나갈 생각이 없는 놈처럼 꼼짝도 않고 야옹야옹 울어 댄다. 식사 중이던 손님들이 놀라서 모두 나가는 바람에 난감하면서도 내 마음은 웬일인지 자꾸만 놈의 눈동자 속으로 끌려든다. 노르스름한 털은 검정이 묻어 더러웠지만, 함박만한 눈동자 속에는 겁먹은 순진함이 가득했다. 먼저 살던 집에서도 앙증맞은 새끼 고양이의 저런 눈동자에 끌려 그만, 녀석들과 함께 살지 않았던가.

몇 년 전에 살았던 그 집은 마치 터줏대감처럼 지붕 속에서 고양이가 살고 있었다. 그걸 모르고 이사 온 나는 첫 날부터 들리던 놈들의 발자국 소리와 울음소리에 얼마나 놀랐던지…… 그러나 천장을 뜯고 올라갔다가 마주친 새끼 고양이들을 보고는 놈들을 소탕하기는커녕, 오히려 천장을 다시 덮고 내려오고야 말았다. 지붕 맨 끝자락에 있는 각목 위에서 나란히 울고 있는 놈들을 잡기 위해 올라가겠다는 인부도 없었지만 어두컴컴한 그 속에서 온힘을 다해 야옹,

야옹 울어대는 다섯 놈들의 눈동자와 마주치고는 마음이 영 딴판으로 바뀌는 것이었다. 저 어린 것들을 어미와 떼어 내어 무어 그리 좋은 꼴을 보겠다고…….

그 뒤로 고양이들 때문에 생기는 일들은 모두 그 마음 약했던 순간에 대한 후회로 이어질 수밖에 없었다. 어미가 새끼를 키워 놓으면 젖이 떨어진 새끼들이 기왓장 밑으로 기어 나와 마치 공중곡예를 하듯 곡선을 그리며 마당으로 뛰어 내리는 게 아닌가. 웬 새끼들은 또 그렇게 자주 낳는지, 잊을 만하면 되풀이 되는 고양이 녀석들의 공중낙하에 가슴을 쓸어내리며 놀란 적이 한 두 번이 아니었다.

마당에서 살던 진돗개도 처음에는 떨어져 내린 새끼 고양이들을 어떻게 처리해야 될지 몰라 허둥대는 것 같았다. 마당에 가끔 침입해 온 생쥐를 잡아서 마치 전리품인 양 자랑스럽게 주인 앞에 내놓던 진돌이도 야성의 성깔로 마구 저항하는 그 작은 고양이들에게는 대책이 서지 않는 모양이었다. 그러나 한두 번 그 일이 반복되자, 어느 날은 심심한데 잘 되었다 싶었던지 한 놈을 잡아서 물고, 발로 툭툭 치면서 장난을 치고 있는 게 아닌가. 노란 줄무늬 옷을 입은 그 고양이 새끼는 떨어지는 즉시 바깥으로 도망치는 다른 놈들과는 달리 진돌이에게 마냥 수난을 당하면서도 좀처럼 도망을 가지 않았다.

할 수 없이 아이들과 함께 녀석을 씻겨서 우유를 주면서 며칠을 함께 살던 어느 날이었다. 목청껏 비명을 질러대는 고양이 소리에 마당으로 나와 보니 진돌이가 고양이를 물고 다닌다. 처음에는 드디어 진돌이가 생쥐를 잡을 때와 같이, 본능이 발동했구나 싶어 거실에서 가만히 보노라니 두 놈들 사이가 오히려 각별한 것에 웃음이 나오고 말았다. 진돌이는 한껏 약을 올리고 도망가는 고양이를 쫓아가서 물지만 자근거리기만 할 뿐이고, 도망치다가 잡혀 물려온 고양이는 악을 쓰다가 오히려 진돌이를 할키고 도망가면서 서로 장난기 많은 놀이를 하는 것이었다.

밥을 주면 고양이가 먼저 먹고 물러날 때까지 의젓하게 기다리다가 남은 밥을 마저 핥아 먹는 진돌이는 어느새 고양이와 친구가 되어 있었다. 함께 놀다 피곤해 질 때면 서로 머리, 허리를 포개어 베고 포도나무 그늘에서 늘어지게 낮잠을 잔다. 그러다가도 나무 위에서 기회를 노리던 참새들이 밥그릇 옆에 떨어진 밥알을 주워 먹으러 마당으로 살짝 내려오면 어떻게 알았는지 둘이 후다닥 일어나 참새를 쫓는다. 화르륵 날아가는 참새를 따라 포도나무 덩굴 위로 휙, 뛰어오른 고양이는 진돌이의 애무에 몸살을 하면서도 여전히 진돌이의 품속으로 다시 돌아온다. 뜨거운 여름, 마당에서 혼자 어슬렁거리다가 낮잠이나 자곤 하던 진돌이 생애에 아마 그때처럼 행복했던 적은 없었을 것이다

그런 집에서 이사를 하게 되어 얼마나 시원했던지. 그러나 알 수 없는 것이 사람의 마음인가 보다. 몇 년 동안 시달리던 고양이에게서 벗어나게 된 이후에는 오히려 길 가다가도 고양이를 보면 자꾸만 눈길이 그리로 가곤 하니 말이다.

지난 기억이 잠깐 스쳐 지나가면서 웬일인지 닥트 위에서 울고 있는 새끼 고양이가 가엾어졌다. 가슴이 뭉클해지면서 이내 찌르르하게 아파오는 것이 아닌가. 나는 마치 뭔가에 홀린 것처럼, 예쁜 아기를 유괴라도 하듯이 녀석을 붙잡아 집으로 데리고 왔다.

한 줌도 안 되는 몸을 씻기고 발톱도 깎아 주었다. 그리고는 털을

말려서 거실 한쪽에 묶어 내놓고 예전처럼 식구들이 고양이를 향해 둘러앉았다. 그러나 우유에 적신 부드러운 먹이를 주면서 사랑스런 눈빛으로 구애를 하는 아이들은 아랑곳없이 녀석은 독기를 품어내 듯 울기만 한다. 끊임없이 울어대는 것은 귀찮지만 나른한 귀를 쭈 뼛 세우고 살짝 졸고 있는 동그스름한 모양새나, 구름 속을 밟는 듯 이 날렵한 고양이의 하얀 발은 가슴에 품고 싶을 정도로 사랑스럽 다. 작고 마른 몸에도 눈빛만은 별처럼 형형한 것이 여전히 나의 마 음을 매혹시킨다. 그렇게 예쁜 모습으로 잘 적응하고 살아주었으면 좋으련만 녀석은 밤낮으로 줄기차게 울어댄다.

　아무래도 제 어미란 놈을 찾는 것만 같아서 고양이를 다시 가게 로 데리고 와서 풀어주었다. 한 열흘쯤 지났을까? 그 일 이후에 벽 면 틈새를 막아 놓았던 천장 속에서 녀석의 울음소리가 들리는 게 아닌가. 내심 궁금하던 차에 순간 반가운 마음까지 일었다. 일이 끝 나고 가게가 조용해지자 천장 틈새를 막았던 골판지를 치우고 녀석 이 내려오길 기다렸다. 그러나 기다리는 고양이는 좀체 모습을 드 러내지 않았다. 먹이를 가지고 닥트 위로 올라가 유인하자 그때서 야 천장 속에서 시커멓게 때 묻은 얼굴을 들이밀면서 내려온다. 하 얗던 털은 간데없고 모골이 송연할 정도로 초췌해진 몰골은 섬뜩하 기까지 하다. 게걸스럽게 먹어대는 모습에서 그동안의 생활을 짐작 해본다. 어미가 없는 모양이다.

　뒤로 살짝 가서 목과 다리를 잡았다. 그런데, 사납게 손까지 물며 거세게 반항하던 먼저 번과는 달리 저항이 없다. 움찔 놀라기만 할 뿐, 야윈 몸을 내맡긴 녀석의 눈빛은 고요하면서도 야단맞은 아기 처럼 게슴츠레하기까지 하다. 놈을 상자에 담으면서 가슴 한쪽이 또 짠하다. 따뜻한 거실도 마다하고 울기만 하더니 애물단지처럼 왜 또 찾아 왔을까.

아직 추위가 매서우니 지하실에 데려다 놓아야겠다. 마음 약한 내 탓으로 또다시 고양이란 놈하고 한 집에서 살게 되었으니 새끼나 자꾸 늘지 않을까 지레 걱정이다. 봄이 오면 마당에서 진돌이 하고 또 친구라도 될는지 기다려 봐야겠다.

mind0903@hanmail.net

본명, 김희경(金熙慶)
한양대 교육대학원 졸업
2001년 순수문학으로 등단
순수수필작가회, 한국문인협회 회원
현 이음새 에세이문학회 회장
분당 송림중학교 교사로 재직중
수필집 『눈 내리는 날이면』
2008년 순수문학 우수상 수상

무수 배차

제자인 옥경이가 십여 년 전에 큰아들 키울 때 이야기를 입담 좋게 시작한다. 직장 생활을 하면서 아이를 잘 키우기가 버거워서 안면도의 친정에 맡겼었다는 것이다. 그런데 하늘같이 믿었던 친정어머니는 농사일로 바쁘셔서 결국 아이는 옥경이 할머니 차지가 되었다는 것이다. 할머니께서는 일흔을 훨씬 넘기셨지만 즐거이 그 일을 해내셨다.

옥경은 어미로서 잘 키우고 싶은 욕심에 내심 걱정이 되었지만 자신도 할머니의 손에 크다시피 했다는 것을 떠올렸다. 할머니는 자신과 형제들의 든든한 고향 언덕 같은 분이셨다.

옛날 여인네들이 그랬듯이 할머니 역시 많이 배우지는 못하셨다. 그렇지만 오로지 자식들을 위해 평생을 한결같은 모습으로 개미같이 일하며 사셨다. 그리고 이제는 그 자식의 손자까지도 거두며 힘들다 하지 않고 주어진 상황에 맞추며 살아가고 계신 것이다. 활기를 되찾은, 이 젊은 엄마는 한 주내내 오로지 아들 보고픈 마음으로 맹렬히 살다가 토요일이면 친정으로 단걸음에 달려가곤 했다고

그러던 어느 주말, 여느 때처럼 고향집으로 향했다. 집에 가까워질수록 아이의 모습이 눈에 선했다. 얼마나 컸을까, 요즘은 또 어떤

예쁜 짓을 할까 이런 저런 생각으로 마음은 한없이 부풀어만 갔다.

친정에 도착했을 때, 할머니께서 마침 옥경이 아들에게 한글을 가르치느라 여념이 없으셨다. 어찌된 일인지 아들애는 엄마가 왔는데도 달려들지 않았다. 할머니가 앉혀놓은 채 그대로 고개만 돌려 엄마를 흘낏 봤을 뿐이었다. 할머니도 옥경을 본 채 만 채 수업을 계속하시는 게 아닌가. 증손의 한글 강습 때문인지 얼굴이 발그레 상기되신 게 여간 열정적인 분위기가 아니었다.

왠지 모를 서운함으로 가슴이 먹먹해서 바라보고 있던 그 순간, 할머니께서 방 한 벽면에 커다랗게 붙어있는 종이를 막대기로 처억 가리키셨다. 그리고는 아주 진지한 표정으로 무와 배추를 차례로 짚으며 아이의 눈을 들여다보며 말씀하셨다.

"자, 큰 소리로 다시 따라하는 겨, 무수, 배챠……"

어린 아들은 할머니께서 시키시는 대로 제비 새끼가 모이를 받아먹으려고 할 때처럼 고 조그만 입을 벙긋벙긋 벌려 열심히 따라했다. "무수, 배챠……"라고 아주 정확하게.

"할머니, 뭐 하시는 거예요? 무수가 뭐예요, 무수가? 그건 우리들 말이죠! 그건 무예요, 무! 또 배챠가 뭐구요, 배추죠, 배추!"

옥경이가 다급하게 끼어들어 할머니를 말렸지만 소용없었다.

"으메, 뭔 상관이여! 겁나게 잘 하고 있는디. 무수는 무수고, 배챠는 배챤 겨."

옥경이는 기가 막혀 입이 떡 벌어졌지만, 할머니의 얼굴은 증손에 대한 진한 흡족함으로 빛이 나며 입이 귀에 걸리셨더라는 것이다.

좌중은 이 이야기를 들으며 웃음보가 터졌다. 모두 눈가에서 눈물을 찍어내며 웃을 수밖에. 나도 자꾸 "무수, 배챠" 흉내를 내다보니 웃음이 끝없이 목구멍을 타고 올라와 참을 수 없는 지경이었다.

그러다 웃음 끝자락에 문득 얼마 전에 들은 도시의 할머니들 얘기가 생각났다. 요즘 할머니 중에는 어린 손자들을 단순히 돌보기만 하는 게 아니라 드디어 가르치는 단계로 돌입한 분들이 계신다고 한다. 비록 서투른 발음이나마 사전을 들여다보며 하나씩 영어단어를 가르치기에 여념이 없다는데. 사교육비 비싼 도시에서 아이들 교육에 허덕이는 자식들을 위해 조금이나마 일익을 담당하고자 시작한 일이라는 것이다.

아이들은 할머니의 발음을 따라서 조금은 이상할 수도 있는 발음으로 영어공부를 시작한다는데, 참으로 별스런 일이 벌어지기도 한다. 시간이 지나고 녹음기에서 흘러나오는, 제대로 된 영어를 들을 정도가 되면, 아이들은 할머니 발음과 비교하여 잘못된 것을 용케도 찾아낸다는 것이다. 가령, "자, 따라 해 봐. 저건 애쁠!"하면 지금껏 잘 따라하던 아이들이 어느 날부턴 "아냐, 할머니, 그건 애플!"그러면서 커간다고 한다. 초보영어이지만 하나씩 제대로 발음하게 되고, 할머니와 그렇게 시작한 공부는 두려움도 없애주는지 나중에 정식으로 영어를 배워도 낯설어하지 않고 수월하게 따라가더라는 말도 들린다. 그 얘기를 듣는 마음 한 구석이 씁쓸하긴 했지만 역시 우리 나라 어머님들의 그 높은 교육열을 새삼 느낀다.

세상이 바뀌어 한글교육이 영어교육으로 둔갑했다지만 시대를 불문하고 후손을 제대로 가르치고자 하는 할머니들의 그 진심이야 변할 리가 있으랴. 한글이든, 영어든, 셈 공부든 손자들과 함께 하는 순간의 그 빛나는 정성과 집중력을 무엇에 비길 수 있으리.

옥경이의 아들을 밝고 반듯하게 자라게 한 건 아마도 그 때 할머니의 그 "무수, 배챠!" 하던 그 순간의 빛나는 정성 덕은 아니었을까. 생각할수록 웃음 짓게 하는 명장면이다.

투구의 눈빛

그 아이를 처음 본 것은 1학년 교실에서였다. 중학교에 입학하고 얼마 지나지 않아서인지 학생들의 눈은 너나 할 것 없이 봄 햇살에 반짝이는 이슬 같았다. 남학생과 여학생이 반쯤 섞인 그 교실에서 유난히 가무잡잡하고 큰 얼굴에 짙은 눈썹을 가진 단발머리 소녀가 있었다. 쏘아보는 듯 강렬한 여학생의 눈빛이 나를 끌어당겼다. 앞을 보고는 있으나 그저 먼 곳을 향해 고정된 검은 눈동자. 그 눈은 무엇을 보고 있는 걸까.

그러나 그 뿐. 가끔 그런 표정을 보일 때도 있지만 대체로 그 애는 눈을 내리깔고 있거나 고개를 숙이고 있었다. 숙제 검사를 할 때 그 곁으로 가서 말을 걸어보아도 그저 고개를 끄덕이면 그만이었다. 재차 확인하면 비로소 고개를 들어 눈을 치뜬다. 할 말 있으면 해보라는 듯 도전적으로 바라본다. 큰 눈에서 서늘한 기운이 뿜어져 나오는 것 같았다.

다음 해, 2학년 2반 교실에서 그 아이를 다시 만났을 때 나는 아주 반가웠지만 그 애는 별로 달라지지 않았다. 그 날도 그 학급에 들어가게 되었다. 학생들이 후다닥 자리에 앉았고, 수업은 시작되었다. 그런데 뭔가 좀 이상했다. 나를 힐끔 바라보는 학생들. 뭔가 있는 거다. 무엇일까? 교실을 주욱 둘러보았으나 분위기만 묘하게 느껴질 뿐이었다. 수업을 하다가 문득 보게 된 창가의 아이. 거북이처럼 엎드린 아이의 등에는 6월의 햇볕만이 따갑게 내려쬐고 있었다.

그 모습이 마음에 걸려 수소문하다가 뜻밖의 사실을 알게 되었다. 아이는 평소에 누구에게나 짜증을 잘 냈는데 남학생들에겐 유난히 거칠게 대해서 언쟁이 잦다는 것이다. 그래서 짓궂은 남학생들이 언제부턴가 그 애를 '투구'라고 부르기 시작했다고. 그 날도 티격태격하다가 끝내 궁지에 몰린 남학생이 "투구!"라고 소리쳐서 싸움이 벌어질 판인데 내가 들어감으로써 순식간에 휴전이 된 거였다. 이야기를 들으며 나는 처음 그 아이를 보았을 때의 그 강렬한 눈빛이 떠올랐다. 그리고 그 행동 뒤엔 반드시 무슨 이유가 있을 거라는 생각이 들었다.

마침 국어 숙제로 낸 그 아이의 글을 보게 되었다. 학습활동을 풀이한 짧은 글이었는데 상당히 솔직하게 자신의 생각을 쓴 것이 내 마음을 붙잡았다. 그 당시 나는 연말에 문집을 내기 위해 몇몇 학생들을 지도하고 있던 중이었다. 나는 수업시간에 공개적으로 글공부할 친구들을 모집하였다. 끝에는 그 아이를 지명하며 재능이 있다고 말하는 걸 잊지 않았다. 학생들이 눈을 둥그렇게 뜨고 그애를 바라보는 걸 몰래 보며 웃음이 나왔다. 끝까지 고개를 들지 않았던 아이가 며칠 후 날 찾아왔고 "정말 제가 할 수 있어요?" 하며 순하게 나를 보았다. 그렇게 투구와의 수필쓰기는 시작되었다.

서둘지 않고 차근차근 글을 써 오게 하고, 첨삭 지도를 하며 5개월 정도의 시간이 지났다. 나는 글을 통해 그 아이에게 가까이 갈 수 있었다. 맞벌이 가정에서 관심을 받지 못한다고 여기는 아이. 여

넓 살 위인 언니에 대한 거리감이 관심을 끌었다. 맘껏 사랑받다가 초등학교 1학년 때 태어나 모든 걸 송두리째 앗아간 막내 남동생에 대한 질투, 그리고 초등학교 시절 가장 친했던 친구의 죽음까지 이해되었다. 특히 방과 후 혼자 집에 있다가 깜박 잠이 들어버렸다가 엄마를 부르며 깨어나 텅 빈 집에서 느끼던 초등학생의 절대적인 그 외로움을 읽으며 나도 가슴이 먹먹해지며 코끝이 찡했다.

투구가 꼬박꼬박 한 편 한 편 글을 써 오는 것이 나는 신통하기만 했다. 더 잘 쓰는 다른 학생의 글보다 차츰 마음을 열고 다가오는 그 애의 글들이 나는 늘 기다려졌다. 투구라고 놀림 받던 소녀는 3학년이 되자 성남시 백일장대회에 나가서 상을 타오는 어린 문사가 되었다. 3학년 졸업을 앞두고 그의 중학교 시절 마지막으로 내는 문집에 '둘째'라는 제목으로 글을 실었다. 그 애는 이렇게 쓰고 있다.

"나의 답은 들으실 생각조차 없으신 것 같다. 지금 엄마와 아빠는 언니와 동생의 답만을 기다리고 계신 것은 아닐까? 이것이 둘째라는 이유만으로 내가 겪어야하는 고통이라면, 둘째로 살아가면서 겪어야할 과정 중 하나라면 지금 당장이라도 다시 태어나서 둘째가 아닌 첫째나 막내로서 새로운 인생을 다시 시작하고 싶다. 그렇지 않다면 나는 둘째이기 때문에 언니와 동생 틈새에서 피어난 꽃으로서 아름다운 향을 갖고 살고 싶다. 아름다운 나만의 향기를."

그 후 2007년 5월 스승의 날 즈음해서 도착한 투구의 편지는 한껏 씩씩해진 기운을 보여 주었다. 이제는 아무도 그를 투구라고 놀리지 않는다고. 사실 그 아이는 졸업 전에 이미 자기 자신을 사랑하는 사람의 당당하고 겸손한 눈빛을 지니게 되었다. 사납고 거친 투구가 문학소녀가 되었으니 어찌 그렇게 부를 수 있으리. 오직 나만이 그렇게 부르는 것을. 지금은 고등학교 3학년이 되어 비지땀을 흘리고 있을 투구, 그 애의 편지 마지막 구절이 나를 미소 짓게 한다.

"선생님, 감사합니다. 제 인생의 새 길을 볼 수 있는 눈을 뜨게 해 주셔서요. 정말 고맙습니다. 제가 비록 작가가 못 되더라도 죽을 때까지 저는 늘 선생님께 감사할 거예요. 저 자신을 제대로 보고 제 길을 살아갈 수 있게 해 주셨잖아요. 문학은 제게 새로운 길이었습니다."

아마도 그 애는 이제 자기 자신만 사랑하는 게 아니라 그늘진 곳에서 홀로 눈물 흘리는 다른 사람을 볼 수도 있으리라. 강렬했던 그 눈빛이 이해와 배려의 눈빛으로 이슬처럼 반짝일 그 날을 기다리는 건 아주 즐거운 일이다.

"투구야!"

한 번 큰 소리로 불러 볼거나.

mam@sj-sw.co.kr

본명 : 영애
수원여고, 이화여대 초등교육과 졸업
일본 쇼게쯔류 꽃꽂이 4급 교사자격증 취득
현재 (사)꽃예술작가협회 <꽃수레> 부회장
수필집 『말하자면』(1997) 출간
<문학마을>(2004) 수필 등단
한국문인협회, 이대문인회, 문촌문학회 회원

이음새 10년을 돌아보며

2009년 10월 10일, 이음새 10년을 돌아본다.

사람은 묶는 걸 좋아한다. 시간을 묶어가며 만족해하면서. 또 의미를 달아가며 즐긴다. 담장아래에 보슬비가 솔솔솔 대지를 적시는 봄날, 나팔꽃 씨앗을 뿌리고 기다리는 아이의 마음. 우산을 받쳐 들고 호미로 얕게 파고 굵은 씨 두 알씩 심고 가볍게 발로 밟아 주면서 갖는 것 같은 들뜬 기대감으로 나는 광화문 뒤 용비어천가에서 열린 이음새 좌담회에 참석했다.

우리 이음새가 모여 책을 만들어 가면서 이어가는 속에 10년이 되었다고 회원들이 말할 때도 '참 세월은 빠르구나.' 란 단순한 시간의 흐름만을 느꼈을 따름이었다. 처음 생겨날 때의 숨겨져 있던 세 마음의 엮임과 역사의 흐름. 만남의 장소를 옮겨 가던 얘기들, 이음새란 이름에 얽힌 심오한 뜻을 교수님과 나누면서 내 마음을 두들기는 부끄러움이 점점 더 커져만 갔다.

맞다. 난 그런대로 창립멤버의 자리는 가지고 있었다. 허나 나는 언제나 멀리서 바라만 보고 직접 적극적으로 끼어들어 활동하는 데는 눈을 감고 있었다. 어렸을 때 호박씨를 어른들 따라 흉내 내며 심고는 별 수고도 안하고 여름에서 가을까지 호박을 따 부침개를 해 먹던 기억까지. 흐릿해진 영상을 보고 있는 시간 같았다.

이음새에서의 나를 실내로 비교한다면 천정이었다. 모여 있는 사람들 얘기나 그들이 하는 모든 것들을 보고만 있을 뿐이다. 솔선수범해서 일에 참여하려는 용기는 갖지 못한 채. 매달려 있는 형광등이 누구의 손으로 켜져야만 실내를 밝히는 본분을 지키는 것처럼 나를 잊지 않고 열심히 북돋워주시는 선배님의 권유에 만족하면서. 겨우 일 년에 달랑 한 두 편의 작품만 내는 걸로 같이 나이를 먹어가는 데 동참했던 것이다.

글 쓰는 걸 무척 좋아하는 아이로 커 오면서 지금의 나이를 먹었지만 마음하고는 다르게 생활이 여유를 주지 않았다는 변명 비슷한 얘기를 나도 하고는 싶다. 그러나 그러기엔 너무나도 안일하게 이음새 모임에 몸담고 있었다는 자책감이 더 크다. 정말 내가 벽이라도 되어 꾸미겠다고 했을 때 공간도 내주고, 못도 박도록 허락도 해주면서 지냈더라면 얼마나 좋았을까 하는…… 이어지는 좌담회 내내 후회와 반성으로 만감이 교차하는 시간이었다.

씨를 심고 기다리는 어린 아이의 희망, 기대와 똑같은 감동과 호기심으로 이음새를 키워내려던, 회원들의 그 조심스럽고도 아끼던 마음이 고스란히 전율하는 내 가슴을 때렸다. 행여 라도 새가 날아와 씨를 쪼아 먹지 않을까, 아니면 빈 쭉정이 씨를 심은 건 아닌지, 나쁜 오물에 섞여 썩지는 않을까. 그 긴 기다림. 예쁘고 여린 싹이 나온 뒤엔 뿌리가 잘 내렸는지, 벌레 피해를 받지는 않는지…… 등. 하루도 마음이 편치가 않은 거와 마찬가지로 겉으론 멀쩡해도 속으론 얼마나 가슴 저린 걱정들과 싸워야 했을까. 눈에 보이지 않는 거슬림과 거역들로 상처도 입었을 것이다.

행복한 건지는 몰라도 난, 정말로 흘러가는 '이음새 세월의 배'에 동승한 채 멀미만 하면서 쉽게 여기까지 왔다는 생각이 들었다. 타고난 성격이 앞장서서 하는 일은 못하지만, 나의 놀라운 장점은 말 없이 오랫동안 한 자리를 떠나지 않는 지킴이 구실은 최고인 거다. 넓은 하늘 그 자리에서 반짝반짝 자기만의 능력과 빛의 크기로 항상 빛을 발하는 별처럼. 내가 지닌 역량만큼의 일을 하며 이음새 지킴이의 일원으로서 영원히 남도록 하고 싶다는 마음이 들었다. 이음새가 나를 밀쳐내지 말고 항상 기억해 주었으면 싶다.

이음새 10년에 묶인 꽉 찬 시간을 돌아보며 찾아낸 의미는 생각 저편에 있던 신기한 감격의 발견이었다. 욕심을 가지고 와서 놀라운 열정을 내뿜다가 자기도 모르는 기대에 어긋나서, 또는 어떤 큰 이유로 사라져버린 걸까? 몇몇 이름들과 얼굴이 께끄름하게 기억나기도 한다. 이젠 걸러질 대로 걸러진 걸까. 10년이면 강산도 변한다는데 이음새에도 발전의 변화 같은 정갈한 기운이 감지되었다. 어떤 개운한 또 아주 소소하게 이는 흥분도……. 느. 낌. 이. 퍽. 좋. 다.

꽃신 한 짝

나는 조금 말랐고 가무잡잡한 얼굴을 한 얌전하고 수줍음 타는 평범한 아이였다. 밑으로 있는 동생들과 싫어도 놀아주고, 챙기고, 도와줘야 하는 게 장녀인 내 몫이었다.

집에서 학교까지 꼬맹이 걸음으로는 아무리 빨리 걸어도 1시간 50분 정도고 잠시 쉬다 가면 2시간도 넘게 걸렸다. 그래도 비가 오나 눈이 오나 학교 가는 일에 싫증이나 짜증을 낸 적이 없었다. 집에서 동생들 하고만 놀다가 학교에 가니 친구들 만나고 선생님 얘기 듣고 공부하는 게 재미있었다. '새 나라의 어린이는 일찍…'라는 노래가사를 너무 잘 지키는 아주 단순한 아이로 매일 공식 같은 생활 속에서 일찍 자면 아침이 빨리 올 줄 알았던 맹꽁이에 욕심도 없는 어린 시절을 보냈다.

학교에 가려면 산을 넘어야 했고, 장마철엔 물이 넘쳐 어린 나로선 대책도 없이 강을 건너야했다. 걱정도, 관심도 없었던 건지 아무리 비가 억수로 쏟아져도 "학교에 다녀오겠습니다." 인사하고 나가면 그 뿐, 내다본 적도 없는 엄마였다. 요즘엔 도무지 이해가 안 가는 부분이나 그 당시엔 어느 엄마나 집안일들로 지쳐 마찬가지였던 것 같다.

다리도 없는 강에 도착하면, 징검다리로 놓여 있던 돌들은 온데 간데 없이 물밑으로 가라앉아 버린 채, 굵다란 구렁이의 움직임을 닮은 황토물결의 구비침과 질퍽한 강물소리는 나에게는 공포 그 자체였다. 어떻게 저 강을 건너 학교에 갈 수 있을까만 골똘히 생각했다. 쏜살같이 소용돌이치는 물살을 물끄러미 내려다보면서도, 집으로 되돌아갈 생각은 한 번도 한 적이 없었다.

강 저편을 응시하다가 어른들이 눈에 띄면 잽싸게

"저 좀 건너 주세요. 학교에 가야해요. 네?"

소리쳐 봤고, '비가 이리 오는데 학교는 무슨 놈의 학교?' 라는 듯 고약한 표정으로 힐끗 쳐다보고 가는 어른들이 원망스러웠었다. 가끔 운 좋은 날엔 누군가에게 업혀 일찌감치 건너 지각을 면하기도 했다. 옛날이니 망정이지 지금은 별별 나쁜 일들로 얽힐 수 있는 무서운 일이 되었을 것 같다. 안 그러면 장마철엔 거의 학교가 파할 때쯤에나 도착하는 게 다반사였다. 그래도 결석이 아닌 지각체크를 받아야 마음이 놓였다.

그런데 언제부턴가 강 저편에 사시는 할아버지가 우리를 업고 그 힘든 물살을 헤쳐나가셨다. 할아버지는 비만 오면,

"그래. 용치, 이런 날도 마다 않고 핵교에 갈 마음을 먹으니, 훌륭한 사람 될 거야."

하면서 건네주기 시작했다.

"할아버지, 안 무거워요? 가벼우라고 저 밥 조금 먹고 왔어요."

"에그, 괜찮다. 다음엔 많이 먹고 오너라. 힘없으면 굉부를 못해."

업힌 우리는 한 손에는 책가방을, 또 한 손에는 신발을 번쩍 쳐들고 있어야 해서 균형 안 잡히는 몸을 할아버지 등과 허리에 힘을

잔뜩 주고 버텨야했다. 난 그게 항상 죄송해서 힘이 덜 들게 하려고 무릎을 꽉 할아버지 허리에 대고 몸을 바로 잡아보려고 애를 썼다. 땀을 뻘뻘 흘리면서, "자, 다 왔다." 하시면 깡충 뛰어내려 "고맙습니다." 휑하니 내빼듯이 학교로 뛰어 가기가 일쑤였다. 뒤에서 "조심해라 넘어질라……" 구수하고 정다운 소리가 들리곤 했었다. 다리가 놓이던, 내가 삼학년 될 때까지.

그 날도 비가 밤새껏 내려 강물은 예외 없이 범람을 했고, 할아버지께선 여전히 짚데기로 엮은 초롱이를 뒤집어쓰시고 강가에서 기다리다가 반갑게 우리를 차례로 건네 주셨다. 여느 날 같지 않게 힘겨워하는 모습이 역력했다. 연방 땀을 닦고 숨을 거칠게 쉬시면서,

"자, 다음……"

"어디 아파요? 할아버지? 저 오늘 학교에 안가도 돼요."

힘없는 목소리에, 눈에도 왠지 모를 눈물이 비치는 듯했다.

"아니다, 자 가자."

"싫어요."

"에휴~ 우리 집 할미가 며칠 전에 저기로 갔거든. 비 오니 좀……"

하며 하늘을 잠깐 올려다보는 얼굴에는 빗방울이 또르륵. 분명 눈물도 섞였으리라. 학교는 꼭 가야한다고 우겨 등에 업혔는데 그만 누구의 실수였는지 어제 엄마가 새로 사준 꽃신 한 짝이 벗겨지고 말았다. 강물 따라 잠깐, 동동 떠내려가던 내 신발 한 짝이 눈깜짝할 새에 내 시야에서 사라졌다. 순간 눈앞이 아득해 왔지만, 그 사실을 말할 용기는 안 났다. 가뜩이나 지금 외롭고 슬픈 할아버지께 걱정을 끼칠 수가 없었다, 도저히.

꾸중할 엄마 얼굴이 보름달보다도 더 크고 선명하게 진흙탕 물 위에 떠올라 마구 흔들렸고, 벼락같은 불호령이 내 가슴을 때리는 느낌에 오싹했다. 그래도 아무 말 안 하고 항상 하던 대로 "할아버지, 고맙습니다." 아무 일도 없다는 듯 뛰었다. 등 뒤에서

"얘야, 너 신발 한……"

하는 소리가 들리기는 했지만 뒤도 안 돌아보고 외짝 신발을 신고 내내 화장실에도 제대로 못 갔다. 하교 후 깽금질도 하다가, 바꿔 신기도 하며 걸었지만 발바닥이 너무 아팠다. 발이 퉁퉁 불어 볼 만했다. 그렇게 강가까지 왔지만, 이상하게도 할아버지는 안 보였다. 그 예쁜 꽃신을 신자마자 첫날 잃어버렸으니 얼마나 역정을 내실까 어린 맘에 무서워서 집에 갈 수가 없었다. 난 강도 못 건넜고, 그나마 그친 비를 고마워하며 배고픔도 잊은 채 하염없이 그 자리에 앉아있었다. 할아버진 끝내 안 나타났다.

"어? 너 육 교수님 따님 아니냐?"

하는 소리에 올려다보니 낯선 대학생이 내려다보고 있었다. 얼른 고개를 숙이고 대답 없이 땅만 내려다봤다.

"왜 집에 안가냐? 점점 어두워지는데. 응?"

왜 그런지 와락 눈물이 나왔고 훌쩍거리며 떠듬떠듬 사정을 얘기했다.

"저런… 시장에 가자. 똑같은 걸로 사면 되지. 업혀라."

"정말요?"

이런 좋은 방법이 있다니 하는 마음만 가득 걱정은 어디로 갔는지 배시시 웃으면서 아저씨 등에 덥석 업혔다.

신발 가게가 딱 두 군데밖에 없는 작은 시장, 꽃신 한 짝을 들고

아무리 눈 씻고 찾아도 똑같은 게 없었다. 가게 주인과 아저씨는 똑같아야 한다는 내 고집에 계속 설득했고 "이렇게 비슷하니 엄마도 절대 모르실 거야." 캄캄해져서야 별수 없음에 진 나는 다시 등에 업혔다. 집까지 바래다주고 그냥 갔다. 현관 문 들어서기가 무섭게 왜 이제 왔느냐는 호령에 서러워져 계속 울기만 했다. 자초지종을 털어놓을 수밖에 없는 상황이었다. 초등학교 일 학년생으로서는 너무 늦은 귀가. 타당한 이유를 대야 하는 궁지에 몰려 버렸다. 다 듣고 난 후 "아니? 그 대학생이 무슨 돈이 있다고 그걸 사 받아서 왔냐!?" 그 당장 가느다란 회초리가 호되게 내 종아리를 휘어 감았다. 맞다. 그 시절, 꽃신을 사려면 한 달 하숙비를 다 날렸을지도 모르는 일. 거기까지 생각이 미칠만한 나이가 아니었기에 어처구니없는 잘못을 저질렀지만, 나이완 상관없이 무시무시한 꾸중과 매라는 벌을 톡톡하게 받았다. 그걸로 끝나질 않았다. 학생을 당장 찾아오라는 명령과 함께 그 밤에 밥도 못 먹고 내쫓긴 콩쥐 신세였다. 찾아 낼 재간이 없는 난 현관 밖에 서서 울기만 했다. 동생들이 언니를 용서해 달라고 울며불며 빌어 겨우 하루 종일 비에 젖은 채, 고생한 몸과 발을 녹일 수가 있었다.

통통 불어터진 발을 보며 속이 상했던 일. 아저씨 등에 업혀 희망을 품고 시장에 쫓아가 절망했던 순간. 할아버지 일, 열나는 몸살기운으로 땀범벅에 별의별 생각들로 엉켜 끙끙댔다. 매 맞은 아픔, 내일로 시간과 돈을 쓰게 한 죄책감. 꼬리를 무는 상념들로 낮에 이어 밤잠도 설쳤다. 주인을 버리고 떠내려간 꽃신 한 짝이 준 교훈은 정말 컸다. '비가 오니 새 신발은 신고 가지 말라고 해주지……' 마음 한편에서 뾰쪽! 원망의 싹이 나오려고 했다. 못 올라오게 콕 밀었다. 모든 건 내 잘못이니 매 맞아 싸다. 기특한 생각을 억지로 만들던 생각이 난다.

　가끔 오만가지가 다 나뒹구는 수해지구 뉴스를 볼 때면, 평범한 한 아이를 위해 언제나 싫은 표정 한 번 짓지 않고 업어주던 할아버지의 투박한 손과 따스했던 등이 그리워지면서 고왔던 꽃신과 대학생 아저씨도 덩달아 떠오르곤 한다. 어김없이…….

김선영

ejkim6274@hanmail.net

본명, 銀子
이화여대 국문학과 졸업
한국문인협회 수필반 및 중대 에세이 과정 수료
<문학마을>으로 등단
한국문인협회, 이대동창문인회 회원
이음새에세이문학회, 문촌 회원

이 가을에, 아직 끝내지 못한 숙제

한 번 집착했던 일은 좀처럼 마음에서 내려놓기가 쉽지 않은 것 같다. 꼭 그래서 그런 것은 아니겠지만, 내 일상 중 특히 요즘 같은 가을엔 유난히 음악회를 찾는 일이 잦다. 동창의 자식이나 한때 음악에 열중했던 딸의 친구들이 보내오는 초청장이 적지 않고, 또 그 자릴 마련하기 위해 애쓴 그네들의 마음고생이 어떤가를 어느 정도는 알고 있기에 비록 머릿수로나마 그들에게 '그득함'이라는 충만감을 선사하고 싶어서 부득이한 경우가 아니면 꼭 참석하려 애를 써서다.

사실 어느 일도 다 마찬가지겠지만, 그네들이 무대에 서기 위해 바치는 각고의 노력은 세상 어느 일에 비교해도 뒤지지 않을 것이다. 힘으로 밀어붙인다고 되는 일도 아니고, 무슨 일에나 예상치 않은 실수가 있을 수밖에 없다. 백전노장百戰老將도 칼을 놓치는 법이 있고 심한 경우엔 낙마落馬하는 경우도 있는 것인데, 전장 터에 나가는 장수의 심정으로 무대에 서는 그네들을 생각하면 내가 먼저 눈물로 눈가를 적시지 않을 수 없을 정도다. 그때마다 나는 그네들을 향해 울려 퍼지는 박수소리가 승전고勝戰鼓 속에 솟구치는 환호와 감격의 함성이 되게 해달라고 기도를 하곤 한다.

지난 9월 17일엔 예술의전당에서 연주해 풍부한 감성과 다이내
믹한 음색을 표출했다는 평판을 받은 바이올린니스트 허희정의 독
주회에 참석했었고, 그 다음날인 18일엔 이형민 피아노 독주회에
다녀왔다. 전날은 친구의 딸이 바이올린으로 모차르트와 베토벤의
곡을 들려주어 그 소리를 귀에 가득 담고 행복감에 젖어 집으로 돌
아왔고, 다음날은 딸의 친구가 드비시와 라흐마니노프의 <피아노
를 위한 환상적 소곡>을 연주해 주었다. 러시아를 향한, 깊은 우수
에 감싸진 라흐마니노프의 조국 사랑이 얼마나 절실하고 또 진심에
서 우러난 것인지 그 심정을 헤아릴 수 있었다.

두 연주자 모두 내 자식들이라고 해도 지나치지 않은 인연인지라,
돌아오며 뭐라 형언할 수 없을 만큼 대견하고 자랑스러웠다. 이른
바 예술 무대에 선 그들은 그네들이 연마한 악기를 통해 자기의 예
술혼을 드러내 보여주고 있는 만큼 연주를 하고 있는 동안 악기와
연주자가 하나인 듯 내 눈에는 둘이 구별이 되지 않았다. 사실 저
경지에 이르기까지 그들은 얼마나 많은 것을 포기하고 오직 음악의
선율에만 매달려 살았겠는가.

한때, 우리 집 2남 1녀 중 막내인 딸이 유치원 때부터 무용이며
그림에 소질이 있는 듯해서 나를 뛰어다니게 했다. 피아니스트로
만들어 볼 요량으로 나름의 꿈을 가슴에 담고 밤낮으로 혼신을 다
했던 기억이 새롭다. 그때 내가 딸을 위해 할 수 있는 일은 연희동
에서 압구정동까지 데려다주고 기다렸다가 레슨이 끝나면 차에 태
워 데려오는 일이 전부였다. 하지만 그 순간들이 얼마나 즐거운 일
과였고 또 행복했었는지 모른다. 특히 5공화국 땐 오후 10시인 통금
에 걸릴까봐 일과를 끝내고 한밤중에 모녀가 007탈출 작전을 방불

케 하는 달음질경주를 감행했던 적도 한두 번이 아니었다.

그런 극성에 가까운 열성의 덕이었는지 딸이 E대 부속초등학교 6학년 때, 교내 오디션을 통과해 성탄축하공연에서 '마리아'의 역을 맡아 열연을 펼쳐 대강당을 찾은 관객들을 놀라게 했다. 나 또한 아이의 청아한 목소리에 감동해 성악을 전공케 하면 어떨까 하는 생각을 하기도 했었다. 그러나 딸은 성악이 아닌 예원콩쿠르 피아노 부문에서 입상해 교장선생님의 만류를 뿌리치고 예원학교에 서류를 넣었다. 그곳에서 고등학교 과정까지 마치고 성적이 1등급이 아니면 꿈도 꿀 수 없는 S대학교에 진학해 주어 내 기쁨은 하늘을 찌를 정도였다.

그러나 나의 기쁨은 결국 딸애의 고통스러움으로 만들어지는 것이니, 딸에겐 나날이 지옥을 헤매는 것과 다르지 않았을 것이다. 하루에 적어도 8시간을 피아노 앞에 앉아 연습을 해야 했으니……. 그렇지만 나는 그게 자식의 장래를 위해 어미가 할 수 있는 최선이라는 생각으로 무서운 파괴력을 보유한 탱크처럼 선두에 서서 밀어붙일 줄만 알았지 딸의 아픔은 염두에도 없었다. 그러다 아이의 어깨에 문제가 있다는 것을 알고서야 비로소 내 어리석음을 깨닫고 작전상 후퇴가 아닌 전쟁 상황을 마감하기로 결정해야만 했다. 그리고 물러나와 다른 진로선택을 위해 고심할 수밖에 없었다. 나는 나를 자책했다.

나는 건넌방 책상 모퉁이에 피아노를 옮겼다. 무슨 죄라도 지어 숨을 듯한 모습으로 서류뭉치를 이고 웅크린 피아노를……. 그러면서 최고의 음악인을 만들려던 내 꿈도 그만 길을 잃고 한동안 방황했다. 어미가 이럴진대 그때 딸의 마음은 얼마나 더 아프고 쓰렸을까. 그에게 미안한 마음은 아직도 가시지 않고 가슴 한가운데 우뚝 서 있다.

나와 같은 잘못된 진두지휘로 인해 많은 부모들과 학생들이 절망의 순간을 맞았고, 또 하고 있으며 앞으로도 또 이를 반복할 이들이 부지기수일 것이다. 길은 결코 하나만 있는 것이 아님을 왜 몰랐을까. 다른 인생의 길에도 명예스러운 환희가 존재하고 있을 뿐만 아니라 거기에서도 적임자를 기다리고 있는데. 내 시행착오의 길에서 깨달은 이 사실을 말해주고 싶은 것이 지금의 내 심정이다.

두 대이던 피아노는 지금 한 대만 빈방을 지키고 있다. 30년이 넘은 업라이트는 처음 가졌던 피아노라 아직 가지고 있지만, 그랜드는 떠나보냈다. 그러나 딸아이의 사춘기와 함께했던 피아노를 떠나보낸 지금, 이젠 그 어떤 아쉬움도 마음에 남아 있지 않다. 친구들의 대성을 축하해주며 마음 죄지 않고 맡겨진 위치에서 누가 봐도 행복한 삶을 홀가분한 마음으로 만끽하고 있는 내 딸. 그에게도 저네들의 무대가 어떤 아픔도 없이 자랑스럽기만을 기원해본다. 아쉬움도 상처도 전혀 없는……

가을이기 때문일 것이다. 예술의전당을 나와 집으로 돌아오는 길이 나 혼자만의 쓸쓸함으로 다가오는 것은. 다음 음악회 때엔 예술의전당을 나와 집으로 돌아오며 그 이유를 곰곰이 생각해보아야겠다. 이제는 집착을 얼마쯤 내려놓아 홀가분해진 마음으로.

가을연가

시간은 단지 물리적인 변화 즉, 성장이나 노쇠 등과 같은 현상적인 것만 남겨놓고 꼬리를 감추어버리는 것이 아니다. 비록 보이지는 않지만 더 많은 것들을 가져다 쌓아놓는 존재임을 요즘 들어 자주 깨닫곤 한다. 이른바 연륜年輪에 의해 축적된 전통傳統은 누구도 무시할 수 없는 것이라고 여겨 공자孔子도 새로운 것에 대한 관심만큼 옛것을 소중하게 생각해 '온고지신溫故知新'이라는 말을 강조하셨던 것 같다.

공자는 15세 되던 해에 학문에 뜻을 세워 진력하려했으나 집안사정이 쪼들려 호구지책糊口之策으로 위리委吏와 승전承田이라는 하급관리생활을 했다고 한다. '위리'는 회계업무를 맡아보는, 그리고 '승전'은 가축을 기르는 하급관리였다. 이때가 그의 나이가 19세에서 21세 사이였다고 한다. 그분도 처음에 가졌던 결심을 초지일관 밀고나갈 수 없어 나이 서른을 입지立志라고 하여 뜻을 새롭게 세울 것을 권했으며, 동분서주하는 자신의 삶에 대한 갈등을 이기기 위해 그 후 10년 후를 '불혹'不惑 즉, 마음이 흐트러지지 않게 애쓰려고 하셨던 것을 보면 나름의 갈등이 크셨을 때인 것 같다.

그분의 갈등 중 가장 큰 것은 사방을 주유周遊하느라 아들을 제대로 가르치지 못하는 아쉬움이었다. 기껏해야 제자들과 같이 앉혀놓고 가르침을 접하게 하는 것이 전부였기 때문이다. 더구나 아들이 공자가 69세 되던 해에 죽었으니 그 슬픔이 어떠했을까는 말로 할 필요도 없을 것이다. 그래서 손자인 자사子思에게 각별히 신경을 써 후에 『효경孝經』을 쓰도록 지도했었고, 『중용中庸』을 저술케 하기도 했다. 내 생각이 요즘에 들어 자주 매듭이 될 수 있는 숫자에 집착하곤 한다. 내 나이가 어느덧 '종심從心', 마음이 하자는 대로 내맡겨도 경우에 어긋나지 않는 때가 된 만큼 내가 정말 나잇값을 제대로 하고 있나 하는 두려움과 어떻든 인연이 된 두 모임이 햇수로 10년에 이르러 회원들 사이에 이 사실이 자주 화제話題에 오르고 있어서다.

어떻게 생각하면 시간에 따른 숫자는 말 그대로 단지 숫자에 불과할 뿐이기에 별스럽게 여길 필요도 없을 것 같다. 하지만 대나무가 바람에 내맡겨져 휘청거리지 않고 자세를 곧게 세워 주변 현실에 의연할 수 있는 것이 연륜의 매듭에 해당하는 마디가 버티고 있기 때문인 것을 보면, 이는 결코 무시할 수 없는 것으로 볼 수밖에 없다. 이른바 '십 년 수학修學이 나무아미타불……'이라는 말처럼 하나의 정점頂點 위에서 다지는 옹골찬 결의는 지난 시간의 반추反芻 정도에 그치지 않고, 도약의 발판이 되곤 해서다.

특별한 목표를 설정하고 그것을 실현하기 위해 전공을 정해 대학에 입학했던 것은 아니라고 해도, 국문학과에서 수학한 나로선 '문학'이라는 말이 내 발을 묶고 있는 올가미와 다르지 않았다. 더구나 동창들 중 몇 명이 일찍부터 시인이나 작가로 활동하고 있었기에 내 마음은 늘 숙제를 하지 않은 학동처럼 뭔가에 쫓기고 있는 기분이었다. 이것은 그들을 시기猜忌해서가 아니라 가야할 길이 있음에도 그 길에 들어서지 못하고 주변에 서성이거나 방황하고 있는 것 같은 자책감 때문이었다. 그러나 내 젊은 시절은 가장과 아이들 뒷바라지 관계로 한순간도 틈을 낼 수 없을 정도로 바빴던 관계로 엄두도 내지 못하였다. 그네들이 내 곁을 떠나거나 내 손이 더 이상 미칠 수 없는 곳에서 생활하고 있는 덕에 10년 전에야 비로소 늦깎이 수강생으로 숙제를 하기 위한 숨쉬기와 팔다리 운동에 돌입했다.

그날 이후 드디어 필통에 연필을 채우고 지우개와 노트를 마련해 들고 강의실의 문을 밀치고 들어섰다. 그렇게 인연을 맺은 '이음새'와 '문학마을'이 공교롭게도 올가을에 열 살의 나이를 먹어 한쪽에서는 기념문집을 준비하고 있고, 또 한쪽은 계간지 통권 40호를 출산했으니, 이들의 연륜이 그 나이에 이른 것을 바라보는 내 마음은 어쩔 수 없이 만감에 사로잡힐 수밖에 없다. 그네들이 갈대밭을 헤치며 걸어온 길이 내 평생의 숙제를 하기 위해 걸어온 길과 다르지 않아서다.

나는 몇 편의 글을 통해 나 이상으로 소중한 조부모님과 아버지, 어머니, 그리고 아이들과 손녀들에게 들려줄 내 마음의 이야기를 쓰고 싶어 오늘도 필통에 달그락거리는 연필소리를 행진곡 삼아 동인들의 모임 터와 백화점 문화센터의 문을 밀치고 들어서곤 한다. 그 안엔 나와 똑같은 마음으로 모여든 이웃들이 애써 자신들의 마음을 글로 옮기느라 마음을 죄고 있다. 한번뿐인 생의 기록을 바위 위에 새기는 석수장이처럼 심혈을 기울여 적어가고 있는 그네들 속에 앉아있다 보면, 삶이라는 것이 얼마나 소중하고 아무렇게나 구겨버릴 수 없는 것임을 절실히 실감하곤 한다.

글은 삶의 실상뿐만 아니라 살고 싶었던 삶을 글 쓰는 동안만이라도 살아보게 해 행복의 원천으로 여겨지기도 한다. 비록 무딘 연필심으로나마 나는 내 삶과 내가 살아온 시대의 이야기를 글로 적어놓았다. 내가 내 몸 이상으로 소중하게 여기는 혈육들에게 나직한 목소리로 들려주고 싶다. 나를 키운 분들의 목소리까지 함께 담아 비록 뵙지는 못했지만, 그분들이 하늘에서 내려다보시면 당신을 뿌리로 하여 자라고 있는 어린 것들을 얼마나 사랑하고 계시는지 분명히 일러주고 싶다. 성격 탓으로 가뭄에 콩 나듯이 가끔 한 편씩 글을 쓰곤 하지만, 내 마음 속엔 언제나 글감들이 요란하게 부글부글 끓고 있다. 생각 같아서는 금방 몇 편이라도 써낼 것 같은데. 현실은 그렇지를 못하나 마음만은 쉽게 식히지 않을 작정이다.

그동안 내 글의 숫돌이 되어 무딘 칼날을 마구 부빌 수 있게 해주어 옅은 빛이나마 낼 수 있도록 모태가 되어준 이음새와 문학마을이 내 글의 고향인 만큼 오래오래 건재하길 늘 기도한다. 모든 인연은 어느 것이나 운명적인 것이기 때문에 어느 것도 밀쳐내지 않고 그들의 연륜이 곧 전통이 되어 세상을 향기롭게 만드는 방향제芳香劑가 되길 간절한 마음으로 기원한다.

이번 가을에는 촌음寸陰을 아껴 몇 편의 글을 쓸 작정인데, 잘 될지 모르겠다. 사회라는 공간에서 체험한 일과 2남 1녀를 키우며 경험했던 바를 적으며 활기찼던 내 젊음의 에너지를 다시 한 번 더 충전 받고 싶다. 그런데 나날을 더할수록 매사에 조심스러워 마음에 담고 있다 남몰래 내려놓고 말 때가 많다. 결국 이러고 마는 것도 시간의 무게 때문이리라. 뭐든지 시작만 하면 해낼 것 같던 그때 기분의 나로 돌아가고 싶다. 시간이 만들어놓는 숲이 바로 우리네 일생이다. 이젠 숙련된 솜씨로 그 시간 위를 달려가는 열차까지는 욕심이라고도 해도 소달구지나 내 힘으로 끌고 가는 수레 정도의 속도로라도 내달려가고 싶다. 핑계는 모두 묻어버리고 속도를 높이는 훈련을 이 가을에 감행하려고 한다. 내게 주어진 시간이 가을을 지나 겨울의 입구로 들어서고 있으니, 좀 더 걸음을 빨리 옮겨놓을 필요가 있어서다.

folie21@hanmir.com

중앙대학교 졸업
문학박사
현, 대성고등학교 교사

새벽 산책

　여름날의 햇살이 뜨겁다. 태양은 지은 지 얼마 안 된 조립식 목조 건물을 이내 달구기 시작할 것이다. 그 전에 나는 잠자리에서 일어나야 한다. 여름이지만 공기는 제법 새벽의 차가움을 선사한다. 그러나 떠오르는 태양은 열탕의 도가니 속으로 나를 밀어 넣을 것이다. 그러기 전에 일찍 일어나 빠른 산책을 해야 했다. 긴 여름의 휴가를 외국에 와서 이렇게 아무 일도 하지 않고 보내 버린다는 것이 언제나 마음에 걸렸다. 그래서 결심에 결심을 하고 새벽 산책을 일삼아 하기로 했다.

　아내와 딸, 아들을 보러 1년에 한 번씩 와서 머무는 곳. 거의 24시간여 동안 비행과 갈아타기의 과정을 거쳐서 미국 대륙을 밟을 땐 온몸이 녹초가 되곤 한다. 7-8년이라는 그 세월의 장구함에도 불구하고 나의 신체는 역시 이곳에 잘 적응되지 않는다. 자연과 우주의 운행에 거슬러 나름 생활 시간표를 현지 시각에 맞춰서 짜 보지만 하루 중 어느 특정한 시각에 이르면 여지없이 밀려드는 잠의 마귀가 검은 장막으로 나를 휘덮어버린다. 시도 때도 없이 쏟아지는 잠에 저항해 보려하지만 언제나 지는 건 나다.

　열 세 시간이라는 시차를 극복하기는 너무 힘들다. 습관에 익숙

한 내 신체 시계는 오랫동안 익혀진 정확한 리듬 때문에 괴로워했
다. 여기서의 새벽시간은 평생 살아온 내 삶의 터전에서는 저녁 무
렵일 것이다. 지금은 새벽 여섯시. 아직 새벽의 달콤한 잠자리에서
그 달콤함의 끝을 이어가려는 가련한 인체 군상들의 몸부림이 느껴
진다.

그래서 깨달은 것이 우주의 운행과 같은 자연스러운 진행에 항거
하거나 저항하지 말자는 거였다. 그 시각이 어느 때이든 졸음이 오
면 자고, 또 깨어남이 다가오면 언제든 정신을 맑게 하여 일상을 살
자는 거였다. 밤낮의 시각들에 얽매이지 말자는 나의 생각은 그런
대로 나에게 자유를 주었다. 실제로 난 잠과 대항하지 않았다. 한밤
중이라도 깨어나면 일어나 책을 들고 거실로 내려가 독서에 매달려
밤을 지새우곤 했고, 낮이라도 잠이 오면 언제든 환영해 반기며 꿈
나라로 갔다.

나이가 들면서 살이 오르고, 비만이 가져오는 건강에 대한 경고
가 건강검진 때마다 나를 괴롭혀 왔지만 언젠가부터 운동이라는 것
을 구경거리로만 생각하게 된 이후 운동과 친해질 수 없었다. 또,
내 몸에서 땀을 흘리게 한다는 것이 언제나 나를 불쾌하게 한다고
여겼던 이후로 시간을 내서 몸을 혹사시키는 일은 하지 않게 되었
다.

그러나 이곳에 있을 동안 새벽 걷기라도 해야겠다고 다짐하면서
아내와, 아이들을 단잠에서 깨워 동네를 한 바퀴 돌기 시작했다. 하
지만 며칠 가지 않아 가족들은 하지 않던 일을 새로이 하는 것에
대해 고단해했고 무엇이든 억지로 한다는 것은 무리라 생각에 결국
나 혼자만 걷기를 하게 된 것이다.

허드레옷을 주섬주섬 꿰고 현관문을 나서 큰 길로 나가 길을 건넌다. 잘 가꾸어진 잔디와 아름드리 우거진 나무들 속에 띄엄띄엄 자리 잡은 집들은 주변의 새벽자연이 지닌 원시적 자연경관 속에서 반짝 빛나고 있다. 이 땅에 처음 발을 디디고 낯선 땅에 들어섰을 때에는 어렸을 적 책에서 보았음직한 경치가 바로 여기, 이 자리에 실제 현실로 놓여 있어서 얼마나 신기했던지. 이게 무슨 동화의 나라가 아닌가라는 생각이 들 정도였다. 그렇게들 살고 있었다. 모두가 다 그러지는 않겠지만, 내가 잠시 머물러 살고 있는 이곳은 그렇다.

걷는 걸음 사이로 이제 겨우 잠자리에서 부스스 일어나기 시작할 사람들의 모습이 그려진다. 다들 담장 없는, 각자 자기들 나름의 능력 안에서 지니고 있는 소유지에 집들을 지어놓고 살아간다. 집들은 키 큰 나무들 사이, 그 아래 자리하고 있다. 벼락이라도 치면 어쩔 건가 하는 내 생각엔 아랑곳없이 모두들 될 수 있으면 나무 아래에 집들을 지어 놓은 것 같았다. 피뢰침이 집 어딘가에 달려 있긴 하는지 궁금하기 짝이 없다. 이곳은 벼락도 피해간단 말인가?

어느 새 태양은 서서히 열기를 토해내면서 하늘 위로 치솟고 이어 뜨거운 빛의 화살을 마구 쏘아내기 시작한다. 벌써 몸에 화가 뻗친다. 빠른 걸음으로 움직여 20분 쯤 가면 거칠고 촘촘한 잔디로 덮여 있는 넓은 공터가 나타난다. 그곳엔 야구장 시설이 되어 있고, 아름드리나무가 무성한 나뭇가지를 늘어뜨린 채 한 쪽에 서 있으며, 숲 가장자리에는 어린이 놀이 시설도 간단하게 마련되어 있다. 차를 타고 지나다 보면 몇몇 학생들이 야구하는 모습도 가끔 보이고, 놀이기구를 타는 어린 아이를 지켜보는 여인의 모습도 볼 수 있다. 그러나 지금은 아무도 없을 것이다. 이 새벽에 그곳에 나와서 산책을 한다든가 운동을 한다든가 놀이기구를 타는 사람은 이제껏 보지 못했다.

나는 뜨거워지는 태양을 피해 나무 그늘 있는 곳으로만 발걸음을 옮긴다. 이곳 나무에는 지독한 독충이 산다고 얼마 전 큰 애가 말했던 게 기억난다. 그 독충은 나무에서 떨어져 내려 진드기처럼 사람의 몸에 조용히 내려앉는데 대개의 경우 피부를 꿰뚫고 들어가 독을 퍼뜨려 사람을 미쳐 죽게 만든다고 했다. 소름이 오싹 돋는 얘기였다. 한국에서처럼 숲속에도 맘대로 돌아다닐 수 없는 나라다. 그놈이 몸에 침투하면 상처가 남는데 가운데 쏘인 자국을 중심으로 동그랗게 붉은 선 자국이 원을 그린 채 남는다고 한다. 그 말을 들은 이후 나는 늘 산책 갔다 돌아오면 내 몸에 이상이 없는지 불안해서 살피곤 했다. 하지만 지금은 할 수 없다. 어쩔 수 없이 더위를 피해 나무 그늘을 찾아 걷게 된다.

그런데 돌연 3, 4미터 앞 쪽에 금발의, 늘씬하고 키 큰 한 백인 여인이 잠자리에서 막 일어난 듯한 모습으로, 머리는 약간 헝클어진 채 길게 늘어뜨리고, 새하얀 나이트가운을 걸쳐 입고서 현관문을 나오는게 보인다. 긴 다리와 깊은 가슴 속 살을 내 비치며 배달된 신문 뭉치를 집어 든다. 허리를 묶은 가운이 옷 전체를 잘 여미지도 못했다. 그 차림새로 긴 다리를 구부려 긴 허리와 긴 팔로 땅바닥에 떨어진 신문을 멀리 잡으려니 절로 이상한 자세가 되어 몸이 비틀리면서 허벅지와 가슴속 살이 눈에 확 띈다. 울컥 내 심장을 뜨겁게 달군다. 그냥 자연스럽게 마음 놓고 편하게 앉은 채 신문을 집어 올리면 될 텐데 자신이 가진 우아함과 자존감을 버티려는 듯 그렇게 몸을 될 수 있으면 버팅기면서 신문을 집어 올린다. 아니 그런 것이 아니라 사실은 나이트가운 안에 아무것도 걸치지 않았기 때문이라는 생각이 머리를 스쳐 지나간다. 순간 가운 속에 숨겨진 탄력 있는 상상 속 여인의 육체가 물고기의 힘찬 몸부림으로 내 온몸을 타고 느껴져 온다.

신문이 여인의 손길로부터 너무 멀리 놓여 있다는 생각이 들면서 여인에게 쏠렸던 눈길을 재빨리 돌린다. 절대 오래 즐기면서 보고 있으면 안 되는 거였다. 봐도 못 본 체, 아무렇지도 않은 듯이 걸어 지나쳐야 한다. 그러나 계속 나의 뒤통수는 신경이 쏠린다. 자꾸만 머리가 여인 쪽으로 당겨지는 것 같다. 여인은 그러한 모습을 새벽부터 작은 동양 녀석에게 보여 재수 없다고 생각할 수도 있다. 아니면 그냥 아무렇지도 않게 날 무시하고 '네까짓 것' 하면서 대수롭지 않게 생각할 수도 있겠다. 이러한 생각은 나의 열등감이다. 무색인들이 주류인 낯선 외국 땅에서 생각해 볼 수 있는…….

이제 계속 직진하다 길이 막히면 왼쪽으로 방향을 틀어야 한다. 그곳 길 중간쯤에는 리모델링하는 집 공사가 한창이다. 미국인들은 리모델링을 좋아한다는 말을 얼핏 들은 거 같다. 우리는 싹 쓸고 새로 짓는 걸 좋아하는데. 참으로 그 점은 우리가 훌륭하다고 생각한다. 반어적으로 썩 훌륭하지 않은가 말이다. 싹 쓸어버리는 것. 그러한 심보는 어디서부터 유래했을까 궁금하다. 싹 쓸어버리는 심보! 일제의 영향? 군사정권의 영향? 근대화에 대한 열등감? 그 밖에 여러 가지 것들을 생각해 볼 수 있지만 딱히 왜 그러한 풍조가 있는지 알 수가 없다. 참으로 안됐다는 생각뿐이다.

그 길을 지나고 이윽고 넓은 공터가 나왔다. 푸른 잔디는 무성하게 자라 있고 아직 잔디 위에 엉겨 있는 이슬이 내 발목을 적신다.

이슬 묻은 푹신한 잔디에 첫 발자국을 내면서 크게 원을 그리며 빠른 속도로 푸른 잔디로 덮인 운동장을 돌기 시작한다. 조금은 더부룩하게 올라온 잔디에 맺혀 있는 이슬이 내 하얀 운동화와 바짓가랑이를 젖게 하고 떨어져 나온 풀잎들은 신발에 묻어난다. 자세히 보니 잔디 손질할 때가 되었다. 이 넓은 곳을 깎으려면 꽤 시간이 걸릴 것이고 한 달에 두어 번은 손질해야 할 것이다. 이곳을 20 바퀴쯤 빠른 걸음으로 돌고 가까운 숲에 들어가 나무를 붙들고 몸통 돌리기를 50회, 그리고 길다란 의자에 누워 윗몸 일으키기를 세 차례에 걸쳐 나누어 한 후 다시 오던 길을 되짚어 집에 돌아가면 된다.

태양이 점점 하늘로 치솟아 오르면 이슬도 사라질 것이다. 아직은 신선한 풀과 땅에서 올라오는 기운이 나를 한껏 상쾌하게 해 준다. 떠오르는 온갖 상념들이 상큼한 바람을 타고 숲을 지나오며 나를 씻긴다. 좀 전에 보았던 백인 여인의 모습을 계속 떠올리며 온갖 불온하면서도 즐겁고 행복한 상상을 펼친다.

운동장 한 가운데를 중심축으로 하여 공전하듯이 걷다보면 한쪽에 서있는 나무를 지나고, 나무 사이로 비껴들어 눈을 찌르는 아침 햇살의 따가움을 얼굴에 느끼며 태양을 향해 걷게 된다. 이내 나무를 지나 조금 더 돌면 태양은 등진 내 등줄기를 후벼 판다. 덥다. 드디어 이마에 송글 땀이 솟고, 온몸에도 조금씩 땀구멍이 열리기 시작한다. 따가운 햇살 속에 긴 그림자를 앞세우며 속도를 더할 때 저 멀리 숲 쪽에 한 백인 여자가 커다란 개를 끌고 산책 하는 게 눈에 들어온다. 아니 개와 함께 이쪽을 향해 걷고 있다. 그 여자는 신문 집던 여인과 달리 뚱뚱하다. 수없이 정크 푸드를 먹었겠군. 햄버거나 핏자류의, 슬로 푸드가 아닌 것들을 꾸역꾸역 입에 밀어 넣고 아무 생각 없이 살아서 눈사람처럼 된, 바로 그 한국의 어떤 유명한 목사가 말했다는 '미국에 오니 눈사람이 참 많더라'던 그 눈사람이 이쪽을 향해 걸어오고 있다.

난 좀 난처한 느낌이 들었다. 왜 또 이럴까. 아무렇지도 않게 지나치면 그뿐인 걸 나의 반응은 이게 뭐란 말인가. 저도 개 데리고 산책하고, 난 나대로 아침 운동을 할 뿐인데. 하지만 좀 거북살스럽다. 내 앞에까지 와서 나와 마주치게 되려면 아직 멀었는데 지레 겁이 난다. 아무 근거도 없는 그런 감정들이 나를 곤란하게 하고 있었다. 나 때문인지 저 여자 때문인지. 저 여자로부터 그 이유가 오고 있다는 확신이 서는데도 나는 생각하기를 분명 이것도 열등감에서 나오는 것이려니 한다. 나의 이 열등감은 어디서 오는 것일까, 왜 저들에게 열등감을 가져야 할까! 역시 불온한 생각 때문일까? 그 불온한 생각은 신문 집는 여인에게서 느꼈던 그런 불온함은 아니다. 분명.

난 마주치지 않기를 바라면서 계속 빠른 걸음으로 운동장을 돌았다. 도는 위치에 따라 햇볕을 왼쪽 옆으로 했다, 앞으로 하고, 그리고 나무를 지나, 나무 사이 햇살을 정면으로 받고, 다시 등 뒤로 해를 두면서 잔디 위에 내리 깔린 나의 긴 그림자를 바라보다 건너편 여자가 있는 숲을 봤다. 그런데 아차, 개와 여자가 어딘가로 사라져버렸다. 내가 운동장을 한 바퀴 돌고 있을 때, 그리하여 내 몸의 방향이 바뀌는 동안 여자와 개는 사라져버렸다. 왜 사라졌나 알 수가 없다. 그 무색인 여자는 나를 피해 달아난 것일까? 분명 그들의 산책이 이제 시작이라고 생각했는데, 분명 그랬는데…… 난 작열해 가는 아침 태양 속에서 낭패감에 젖었다.

동네는 서서히 잠에서 깨어나고 있었다.

박준서

totomall@hanmail.net

중앙대학교 경제학과 졸업
대마도/코리아 문화교류 컨설던트
문화발전소 기획부장

이음새는 녹슬지 않는다 1

　치매는 인간의 뇌세포가 급격히 파괴되어 가는 증상이라고들 한다. 하지만 아인슈타인도 인간의 뇌세포 140억 개중 십 퍼센트 정도만 썼다고 한다. 지능을 결정하는 것은 뇌세포 수가 아니다. 뇌세포 사이에 연결이 얼마나 녹슬지 않고 효율적으로 형성되어 있느냐에 있는 것만큼 그 연결 이음새만 녹슬지 않는다면 치매도 극복되리라 생각한다. 이와 같이 사람과 사람사이에서도 배려와 용서의 이음새가 녹슬지 않는 한 우리에게 희망은 존재한다.

　오후에 출근한 내가 웃으며 침대에 다가가서 "왜 단식 투쟁하세요?" 아무렇지도 않은 듯 묻자 86세의 최철수 어르신은 빙긋이 웃었다. 나는 순간이었지만 환자의 것이 아닌 그 웃음과 눈빛에서 그가 정상인이란 것을 알 수 있었다. 나는 다시 한 번 그의 눈을 똑바로 쳐다보았다. 틀림없었다. 이 환자는 치매가 아니었다. 적어도 지금만큼은ㅡ. 눈과 눈끼리의 짧은 순간뿐이었으나 그와의 소통에서 알 수 있었다. 그런데도 요양 보호사들의 주간반 조장 양씨는 이 환자에게 질렸다고 했다. 밥이라고는 하루 한 끼밖에 안 드신다는데 왜 그럴까? 하긴 엊그제 처음 실습으로 온 내가 알 리가 없는 일이다.

최철수 어르신의 주특기는 매듭풀기였다. 그리곤 치매 환자에게 흔히 볼 수 있는 거짓말이었다.

"똥 쌌다구? 정말? 아니면 꿀밤 한 대예요!"

조장 양씨가 최철수 어르신을 닦달하는 사이 조수격인 나는 그의 엉덩이를 힘겹게 들고 바지를 내린다. 냄새는 없었다. 커다란 기저귀를 풀고 속 기저귀도 살펴본다. 오줌만 약간 묻어있었다. 기저귀 교체 타임은 하루 네 번으로 오전 아홉 시와 오후 한 시, 네 시, 그리고 저녁 아홉 시였다. 그래서 배변처리는 오전반이 많았다.

"안 쌌네! 또 놀리셨어."

조장이 화를 내는 사이 나는 명랑하게 '안 싸 주셔서 고맙습니다.' 하며 옷을 입혀드렸다.

"인사는 뭐 하러 하세요. 멀쩡하세요. 가끔 땡깡을 부리셔서 그렇지!"

하면서 조장은 이 어르신은 하도 시도 때도 없이 기회만 있으면 침대를 내려와 나가려고 하는 통에 허리에 줄을 여러 번 동여매 침대 모서리에다 묶어 놓았다 한다. 그래도 눈만 돌리면 잡아 뜯거나 풀고 내려가려 해서 손목에다가도 줄을 매었는데 그래도 어떻게 용케 잘 풀어내는지 성가셔 죽겠다고 푸념했다. 그랬다. 그는 멀쩡했다.

모란실을 나와 휠체어 하나를 밀고 옆의 민들레 병실로 갔다. 왼편마비의 치매환자를 산보 시켜야 한다.

"윤철제 어르신! 휠체어 타고 산책하실까요?"

휠체어를 오른쪽에 비스듬히 갖다 대고 브레이크를 걸어 발 받침대를 세웠다. 어깨동무하듯 하다 껴안으며 허리를 당겨 들고 '으이

써 몸을 회전시켜 휠체어에 앉힌다. 겨드랑이에 손을 넣어 깊숙이 앉힌다.

"자아-갑니다. 뛰뛰 빵빵."

나는 요양원의 넓은 마루를 서너 바퀴 돌 셈이었으나 얼마 못 가서 제지를 당하고 말았다. 환자가 당신 스스로 브레이크를 당겨 멈춘 것이었다.

"왜. 그러세요? 나오셨으니 이쁜 할머니들도 만나고 꽃도 구경하고 그러셔야죠?"

"아냐. 차가 고장 났어. 고쳐야 돼."

하며 브레이크를 풀었다 잠갔다 하기 시작했다.

"어? 그러네? 차가 고장 났네요. 그럼 기다리겠습니다. 어르신이 잘 좀 고쳐 주세요."

그러나 환자는 바퀴와 잠금 장치에만 눈을 박은 채 까딱까딱 잠갔다 풀었다를 반복하며 가려는 기미가 없었다.

삼십 분이 지루하게 지났다. 그동안 가까운 곳에서 장기를 두고 있는 나이롱 환자(특별한 병명 없이 등급만 받아 입원한 경우) 두 노인이나, 조금 떨어진 탁자에서 십 원짜리 화투를 치고 있는 할아버지 할머니들이나 아무도 이 까딱까딱 휠체어 환자에게는 눈길 한 번 주지 않는다.

장기판을 서성이며 갈현동 타령을 늘어놓는 환자가 훈수를 두는지 그들에게 오늘은 지청구를 듣지 않고 있다. 저들에서 갈현동 타령 환자만 빼면 저들은 치매나 뇌졸중 환자가 아니다. 조장 요양보호사의 말에 의하면 그저 자식들 집에서 지내기가 어려워 이곳에 온 처지들이라는 것이다. 그래도 무궁화실의 저들은 이곳에서 만큼은 상류층으로 존재하고 있다. 이동 수단이 휠체어나 보행기 혹은 지팡이일지라도 비교적 건강한 편이고 정신도 다들 맑았다. 주말이면 가족들이 면회 와서 주고 가는 떡이며 건강식이며 야쿠르트 따위를 냉장고에 넣어 두고 수시로 꺼내 먹는가 하면, 자판기에서 커피를 꺼내 텔레비전이나 신문을 보고, 언제나 저들끼리 모여 화투를 치고 있었다. 그래서 다른 치매증, 뇌졸중 환자들을 업신여기는 것이 눈에 보이기도 하지만, 언제 나도 저리 될까 속으로는 전전긍긍하고 있을지도 모를 일이었다. "자. 다 고치셨으면 출발해 볼까요?"

휠체어를 밀었지만 바퀴마저 손에 힘을 준 채 움직이지 않는다.

"아니, 아니. 줄을 맞춰야지. 이렇게."

하면서 계속 바퀴와 땅바닥에서 눈을 떼지 않는다. 나도 자세를 낮추어 가만히 보니 휠체어의 바퀴와 바닥의 마루선을 맞추며 미세하게나마 조금씩 움직이는 것이 아닌가. 잭 니콜슨의 <이보다 더 좋을 순 없다>에서 멜빈 증상이었다.

조장이 지나가며 윤철제 어르신은 들어가시게 하고 배식 준비를 해야 한다고 말한다.

"어르신. 나머진 내일 또 고치시고 한 바퀴 돌아보겠습니다."

'아니야. 아니야'를 묵살한 채 나는 휠체어를 밀고 나갔다. 여환자실까지 한 바퀴 돌고 인공석으로 만든 장식용 폭포 앞에서 잠깐 머물다 원무과를 지날 때였다. 얌전하게 실려 다니던 환자가 갑자기 손을 뻗어 바퀴를 움켜잡았다가 멈추었다. 그는 한 곳을 바라보며 '응! 응!' 용을 쓰듯 힘을 주었다. 병원의 출입문이었다. 이 환자도 여느 환자처럼 나가고 싶은 것이었다.

윤철제 환자를 달래서 침대에 앉히고 나는 몸을 재게 놀려 빨아 널었던 턱받이를 걷어 왔다. "자아- 맛있는 식사 시간입니다. 턱받이 하시고요." 하는 내 말에 생기가 도는 느낌을 감지할 수 있었다. 식사 케어는 개개인의 병명과 증상에 따라 식판 배식부터 신경을 써야했다. 내가 혼자서 부르는 별명 '귀염이 어른' 87세의 공달식 환자는 치매에다 본태성 고혈압이다. 다른 환자들과는 달리 수저를 들지 않아 떠 먹여 드려야 했다. 밥 대신 언제나 간장과 소스를 섞어 죽을 드리는데 받아 드시는 모양이 너무나 귀여웠다. 먹을 때마다 한 입 먹고는 고개를 들어 나를 빤히 쳐다보는데 대단한 실례의 말씀이지만 표정이 너무나 귀여운 것이었다. 그 천진난만한 어린, 아니 늙은 아기의 표정이라니. 고맙다는 뜻일까? 또 한 입 넙죽 받아먹고 고개 들어 나를 쳐다보았다. 반찬은 번갈아가며 하나씩 수저 위에 놓는데 간혹 입에 맞는 찬을 거르면 주저 없이 손으로 집어 먹는다. 서너 수저가 남으면 간호사가 주고 간 고혈압 약을 섞어 드려도 맛있게 드시는 것이었다.

오후 5시의 저녁 식사가 끝나자 모두들 양치를 하기 위해 또 한 바탕 어수선해졌다. 민들레실의 이상선 환자에게 둘째 딸이 면회를 왔다. 한 눈에 보아도 알 수 있을 만큼의 붕어빵 부녀였다. 둘째 딸에게 은근한 연민의 정이 갔다. 왜냐하면 이상선씨는 이 노인 요양원에서는 제일 젊은 환자이지만 53세의 나이에 병명은 혈관성 치매에다가 뇌종양 강직성 마비 상세 불명의 간질을 가진 중증 환자였다. 면회 온 딸의 덩치도 아버지처럼 산山 만하여 보는 사람으로 하여금 걱정이 앞서게 하는 것이었는데, 대신 주중에 온다는 큰 딸은 어머니 쪽을 외탁했는지 날씬하고 생기발랄하다고 하였다.

백합실의 서분례 할머니의 남편인 박준용 할아버지를 휠체어에 태우고 나왔다. 이 요양원 에서는 유일하게 부부가 함께 입원한 케이스인데 경증의 치매이면서도 남편을 어찌나 챙기는지 부부의 애정과시가 남다른 서분례 할머니의 강력한 요청에 따라 한 병실을 쓰고 있었다. 엊그제 김대중 전 대통령이 서거한 날에는 나라의 상감이 돌아가셨는데 상복들 안 입고 뭣들 하냐고 한동안 난리를 피우는 와중에 내가 첫 출근을 하였으니 요양원에 대한 준비는 하였으나 나의 충격은 큰 것이었다.

"갈현동이 어디죠? 은평구 갈현 2동……. 버스 타고 가면 되는데."

로 시작되는 얼굴만 노신사인 갈현동 타령이 또 시작되었다. 아까처럼 낮에 장기판 훈수를 둘 때만 잠깐 잠깐 정신이 돌아온다는 갈현동 타령 환자에게 나는 최고의 상대였다.

"갈현동 가시려면 말이죠. 우선 전철 타셔야 되는데……전철표 있으세요?"

"아니 버스타면 되요. 그런데 차비가 없는데 빌려 주실 수 있으세요?"

"어르신, 전철은 경로대상이셔서 공짜입니다."

"난 몰라요"

"왜 모르세요?"

"난 미국에서 와서 몰라요. 지금 가야 돼요. 차비 좀 빌려 주실 수 있으세요?"

"어르신, 오늘은 여기서 주무시고 아드님이나 따님이 오시면 그때 가세요."

"안 돼요. 지금 가야 돼요."

얼굴만 노신사인 두 눈에서 애절하고도 애절한 이음새가 반짝거렸다.

"어르신, 오늘은 민방위라 비상 걸려서 못 가요. 그러니 다음에 아드님 오시면 가세요."

"우리 아들을 알우? 병철이를?"

우리의 대화를 들었던 것일까? 진달래실에서 허채봉 할머니가 보행기를 끌고 나오면서

"나두 가야 허는데 신발하고 양말이 안 보여. 찾아 줘. 좀."

나는 큰일 났다 싶었다.

"안 돼요. 할머니도 오늘은 민방위 날이라 아무도 못 나간대요. 방에 가서서 텔레비전 보고 계셔야 된대요."

그러면서 나는 할머니의 두 눈을 응시했다. 이음새가 반짝거렸다.

두 분을 달래서 텔레비전을 보시게 하고 퇴근 준비를 하였다. 몸은 파김치가 되었으나 내 머리 속의 이음새는 기쁨으로 반짝거리기 시작했다. 오늘 뵌 어르신들께서 따스히 웃는 얼굴로 지나가고 있으므로

lespjy@hanmail.net

서울여대 대학원 국문과 졸업(석사)
1998년 세계일보 신춘문예 수필 당선
시집 『수하리 바람』
수필 동인지 『푸른 언덕이 그리운 날』등 다수
한국문인협회, 이음새 에세이문학회 회원

물 흐르는 소리에

여행지에서의 마지막 밤이다. 아쉬움인지 작은 설렘 때문인지 쉽게 잠이 오질 않는다. 칠흑빛 어두운 방안에서 잠시 누운 채로 어둠 속의 정적에 마음을 맡긴다. 마음이 눈 녹은 골짜기의 물길처럼 촉촉하게 번져간다. 차고 신선한 그 무엇이 머릿속을 훑고 지나가는 듯 주체하기 힘든 충일감이 밀려든다. 나는 살며시 자리에서 일어나 창가로 가서 커튼을 조금 밀치고 밖을 내다본다. 먹물을 뿌린 듯 캄캄해 아무 것도 보이지 않는다. 그 대신 어디선가 멀리서부터 달려온 듯한 깊은 물소리가 들린다.

팀 보울러의 성장소설 <리버보이>에 나오는 주인공 제스가 생각난다. 그녀가 할아버지와 함께 갔던 휴가지에서 칠흑 같은 밤중에 잠 못 이루고 창가에서 서성이며 물소리에 귀 기울이는 장면이다. 그때 제스는 누군가의 기척을 따라 밖으로 쫓아 나가고, 이는 나중에 그녀와 떼려야 뗄 수 없는 한 아름다운 만남의 전주前奏가 된다. 아름다운 만남이란 그 말만으로도 가슴이 따뜻해진다. 이번에 함께 여행 온 우리 일행과의 만남도 언제나 나를 따뜻하게 한다.

책 속의 제스처럼 밖으로 나가는 대신 나는 차가운 창유리에 이마가 닿도록 기대서서, 산이 뒤척이며 내는 웅얼거림 같은 물소리에 푹 빠졌다. 쉼 없이 흘러가는 저 물은 어느 골짜기를 들러 어떤 돌멩이를 쓰다듬고, 어디서 또 다른 물과 만나 저리 두런대며 지나가는 것일까. 물도 사람처럼 만나고 어우러지는 기쁨을 알고 있을까. 저 물의 발원지는 어디일까. 이런 저런 생각들이 꼬리를 물고 이어진다. 문득 우리가 다녀온 다테야마[立山]의 하늘에 맞닿았던 눈이 녹아서 여기까지 흘러오는 것일지도 모른다는 생각을 한다.

다테야마 쿠로베 알펜루트는 겨울이면 일본에서 가장 먼저 눈이 내리고 이듬해 5월까지도 눈을 볼 수 있다는 곳이다. 산 아래서는 온갖 봄꽃이 까무러치게 피어대는 4월 하순에, 알프스와 저팬Japen의 합성어라고 하는 알펜루트에서 만난 산봉우리와 골짜기는 온통 눈으로 뒤덮여 있었다. 해발 2500m가 넘는다는 산이 겹겹으로 둘러쳐 있어 입을 떡 벌어지게 하는 거대한 산세가 가히 일본의 지붕이라 할 만하였다. 흠집 하나 없이 옥양목처럼 펼쳐진 눈 계곡을 보며 스키어가 아닌 나는 눈썰매를 타고 신나게 달리는 상상을 해 보았다. 금방이라도 천 길 아래로 곤두박질하듯 미끄러져 내릴 것 같아 생각만으로도 온몸이 짜릿했다.

웅장한 산과 쌓인 눈으로 사람을 압도하는 풍경도 장관이었지만 나는 그에 못지않게 함께 간 일행들과 웃고 떠들던 시간에 취해 순간순간이 몽롱할 지경이었다. 산 정상에 있는 산장 같은 호텔 식당은 관광객이 한꺼번에 밀려들어 설 전날 서울역 대합실처럼 붐볐다. 버스를 탈 때도 그랬는데 공교롭게 식당에서 또 마주친 중국 팀에게 매번 차례를 밀리기만 하는 일도 흥미로웠다. 맹렬한 기세로 좌석을 향해 돌진하는 그들에게 한 발 물러서주는 여유로움을 은근히 누렸던 것일까. 차례를 기다리며 우리 일행은 차가운 산바람에 행여 추울세라 서로의 목에 스카프를 꼭꼭 감아 주었다. 그냥 둘러 주는 게 아니라 조금이라도 멋져 보이게 요리조리 모양을 내주며 서로 예쁘니 어쩌느니 하던 작은 일까지도 우리를 즐겁게 했다.

어디서나 그랬다. 특별한 여행길에서는 물론 무심히 지나치는 일상에서조차 나는 사람에 대한 기억과 그리움이 먼저 남는다. 어디를 갔는지, 무엇을 보았는지도 중요하지만 누구와 함께였는가에 따라 추억의 깊이가 달라지는 것이다.

이번 여행은 조금 더 특별하다는 생각을 해 본다. 사십 대 중반에 늦깎이로 들어간 대학원, 그곳에서 만난 친구와 시작한 독서모임 회원들과 함께 했기 때문이다. 먼저 입학한 사람 중에서 나보다 몇 살 적어 보이는 두 사람이 눈에 띄었었다. 동병상련의 처지여서였을까. 모두 어디 있다가 이 나이가 되어서야 그 쉽지 않은 공부를 하겠다며 나타났는지 나는 반갑기도 하고, 또 다른 한편으로는 적잖은 위안을 받기도 했다.

독서모임은 학교 공부는 끝났지만 힘들게 시작했던 만큼 그대로 손을 놓는 것이 아까워 책이라도 가까이 하자고 시작된 모임이다. 나중에 가까운 사람 넷이 더 합류하여 일곱 명이 되었다. 책 읽는 모임은 늦은 나이에도 얼마든지 해나갈 수 있는 일 중의 하나여서 노후대책 한 가지는 잘 해놓았다며 서로가 고마워하는 만남이다.

단체로 다니는 낮 관광이 끝나고 밤이 되면 돌아가며 한 방에 모여 우리만의 시간을 가졌다. 방주인은 손님 대접을 한다며 방에 비치된 차를 내기도 하고, 일본식 인사로 무릎을 꿇고 머리를 조아리며 맞이하기도 하여 우리를 즐겁게 해 주었다. 오늘 밤도 함께 모여 제가끔 살아온 이야기를 풀어 놓았다. 그 때마다 그 동안 서로가 알지 못했던 숨은 모습에 놀라기도 하고, 때로는 자식 때문에 힘들어했던 얘기에 함께 가슴 저려 하기도 했다.

어둠이 눈에 익어 검푸르게 비치는 창가를 떠나 다시 자리에 눕는다. 옆에서 평화롭게 잠든 친구는 자는 모습도 외모처럼 조신하기만 하다. 오늘 우리는 환상적인 아침을 맞이했었다. 눈을 뜨자 창밖에 아기 주먹만 한 눈송이가 쏟아지고 있던 것이다. 숲의 빈 나뭇가지마다 순식간에 눈이 쌓이고, 행여 놓칠세라 우리는 노천탕으로 달려갔다.

하얀 김이 모락모락 올라오는 노천온천은 산골짜기를 따라 올라가며 계단식으로 이어져 있었다. 우리는 물속에 정자가 있는 중심 온천물에서 얼굴만 내놓고 하늘에서 쏟아져 내리는 눈꽃 세례를 맞았다. 따뜻함과 차가움이 묘하게 어우러져 꽃비처럼 쏟아지는 눈발 속에서 그대로 붕 떠오를 것 같은 환상에 빠졌다. 다시 생각해도 입가에 그윽한 미소가 번지는 아침 풍경을 그리며 이제 나는 여행지에서의 마지막 밤을 편안한 휴식으로 재충전할 것이다. 물 흐르는 소리가 꿈결처럼 아득하다.

물빛 그리움

“여보슈?”

말끝을 끌어올리며 짧게 끊어지는, 어머니만의 독특한 전화 받기는 우리 형제들에게 늘 웃음의 소재가 되곤 했다. 지금도 언니들과 통화할 때면 서로 어머니의 말투를 흉내 내며 옛 추억에 잠기곤 한다. 젊어서는 딸들에게 무심한 듯 냉정하셨다는 생각 때문일까. 어머니의 젊은 시절보다 늘그막의 모습과 일상들이 더 많이 기억에 남아 있다.

막내라서 그런지 남들이 다 할머니라 여겨도 칠순이 넘도록 나는 내 어머니가 할머니라는 생각을 한 적이 없었다. 그러던 내게 어머니의 연로가 한순간에 들이닥친 날을 잊을 수가 없다.

올림픽이 열리던 해였으니 벌써 스무 해가 가까워 온다. 수화기 저편에서 잠시만 기다리라는 젊은 여인의 목소리에 이어, 예의 그 “여보슈?” 하는 어머니의 목소리가 들렸다. 공중전화 앞에서 누군가에게 부탁하여 전화를 거셨을 어머니, ‘용산 역전’에 와 계시다는 말을 듣고 부리나케 달려갔지만 얼핏 어머니의 모습이 보이질 않는다. 그날따라 용산역 광장이 무척 넓어 보였다. 한참 동안을 두리번거리고 있던 내 눈에 광장 끝 모퉁이에서 키 작은 안노인 한 분이,

내가 가고 있는 반대 방향을 향해 목을 늘이고 서 있는 것이 보였다. 어머니였다.

세상에! 이 양반이 내 엄마 맞는가. 젊은 날, 우리 다섯 남매에게 당신의 키를 떼어주시느라 겨우 내 가슴치밖에 남지 않은 것일까. 내 어머니의 몸피가 열 몇 살 아이들만큼 작아져 있었다. 집안에서 보던 모습과 달리 횅뎅그렁한 광장 한 구석에 홀로 막막하게 서 계신 모습은 가슴이 철렁하도록 작고 낯설었다.

사흘들이로 감기 몸살을 달고 사는 막내딸을 위하여 흑염소 한 마리를 잡아오셨다는 어머니를 모시고, 평소 5분 거리의 집으로 돌아오며 내 걸음은 한 발짝이 5분은 되는 듯 자꾸 느려졌다. 몇 년 전만 해도 남보다 빠르던 엄마의 걸음이 한없이 더뎠기 때문이다.

그랬다. 어머니는 여자로서 키가 크신 편이었고 성정이 강해서 그런지 걸음도 빠르고 일손도 재바르셨다. 그런데다 자식들에게 잔정을 보이지 않으셔서 어린 내게는 퍽 어렵기만 했었다. 마음 놓고 응석도 못 부리고 떼를 써도 통하지가 않던 것이다. 엄마보다는 오히려 아버지 쪽이 더 편안하게 우리 뜻을 잘 받아주셨다.

초등학교 시절 어느 날인가 갑자기 비가 쏟아졌는데 복도에서 아무리 기다려도 엄마가 마중을 나오지 않았다. 할 수 없이 비를 흠뻑 맞으며 집에 돌아온 나는 엄마에게 마구 화를 냈다. 방에 누워계시던 엄마는 '우산이 없어' 마중을 나갈 수 없었다고 나보다 더 큰 소리로 화를 내셨다. 그날 엄마가 몹시 편찮으셨다는 걸 안 것은 훨씬 뒤의 일이다.

가끔 학용품을 살 일이라도 있으면 어머니는 치마 앞자락을 둘둘 걷어 올리고, 속바지에 숭덩숭덩 손바느질로 달아놓은 주머니에서 돈을 꺼내셨다. 꼬깃꼬깃 구겨진 돈을 몇 번씩 다시 세어보고 나서야 건네주시면서 '이제는 돈이 한 푼도 없다'는 소리를 후렴처럼 붙였다. 그리고는 남은 돈을 다시 주머니에 넣은 뒤 커다란 옷핀을 꾹 질러 잠그는 일이 숙달된 조교처럼 자연스러웠다.

내게서 막내 티가 줄줄 난다는 남들의 말에도 "글쎄유. 누가 더 이뻐하지도 않는디 지가 그냥 혀 짧은 소릴 하고 그러네유." 하실 뿐 남의 자식 얘기하듯 무심하셨다.

아니, 꼭 그렇지만은 않았다. 어쩌다 학교에서 상장이라도 받아오면 어머니는 그저 "애두 참……" 하면 그만이었지만, 그 짧은 말 속에 나를 향한 당신의 믿음이 느껴져서 내 마음이 뿌듯하기도 했던 것이다. 곰살궂게 속내를 드러내지는 않으셔도 나는 어머니가 은근히 날 대견하게 여기신다는 것을 알 수 있었다. 그런 어머니의 마음은 어린 나를 지키는 든든한 힘이었고, 또한 살아오는 내내 내 안의 버팀목이 되어주기도 했다. 지금도 내게는 어머니의 사랑이 맑은 물빛처럼 그렇게 촉촉하고 은은하다.

어렸을 때의 섭섭했던 기억만큼 잘 해주신 일들은 선명하지 않은 걸 보면, 아마 나는 엄마가 해주신 수많은 일을 그저 당연하게만 여겼나 보다. 그만큼 일방적으로 받기만 했다는 것을 그때는 왜 몰랐을까.

어려서부터 편도가 약해서 조금만 힘이 들어도 목이 부어 말도 제대로 하지 못하는 막내딸에게 "증말 속이 상해서 못 살겠다."시며 화를 내시던 모습을 이해할 수 없던 내가, 내 딸이 똑같이 아팠을 때서야 그 심정을 헤아리게 되었으니 아직도 나는 어머니를 다 알기에는 멀었나 보다.

결혼을 며칠 앞두고 하루는 엄마가 내 머리를 뒤로 모아 한 갈래로 땋아주셨다. 나의 머리를 거친 손바닥으로 연신 쓰다듬으며 "우리 은수는 참 이뻐. 그런디 사람들이 얘는 나를 닮았다대." 하시자, 옆에 계시던 아버지께서 버럭 소리를 지르셨다. "실컷 이쁘다고 해놓고 어째 자기만 닮았다고 하는 겨!"

어디 엄마 마음처럼 내가 그렇게 예쁘기야 할까마는, 그렇게 내가 다 자랄 무렵에서야 어머니는 조금씩 자식에 대한 애정 표현을 하셨다. 결혼하고 난 뒤 드물게 한 번씩 우리 집에 다녀가셨던 어머니는 수줍은 소녀처럼 옛날 일을 하나씩 꺼내 놓으셨다.

"얘야, 네가 공무원 시험 본다고 대전에 갈 때, 차비도 한 푼 못줘보내고 나니 가슴이 꼭 맥히는 게, 그냥 스르르 주저앉을 것 같더라."

그리고는 무슨 비밀이기나 하듯 '네 오빠 군대 갈 때보다 더했다.'고 덧붙이셨다. 어머니께 하나 있는 아들은 세상 무엇보다 우선이셨는데 그 아들하고 비교를 하셨으니 이는 막내딸에 대한 최고의 사랑 고백이셨으리라.

그런 아들을 앞세우고 당신의 남은 생이 얼마나 습습하셨을까 생각하면 지금도 가슴이 저리다. 다행히 돌아가시기 얼마 전 종교에 의지하여 평온을 찾으신 것 같아 고맙기만 하다.

이제 와서야 생각만 해도 콧등이 시큰해지는 어머니의 사랑. 유난하지는 않았지만 끊임없이 흐르는 깊은 물처럼 속정이 깊었던 내 어머니가 그리울 때면 손으로 전화기를 만들어 귀에 대본다.

"여보슈? 나, 엄니 막내딸인디……"

최제영

崔濟英

marshma@ezville.net

경기여고, 서울대학교 졸업
한국문인협회 회원, 이음새수필문학회 회원
산영수필문학회 회원
203년 「에세이문학」으로 등단

기다림

　무슨 소리에 잠이 깨어 눈을 떴지만 아무 것도 보이지 않았다. 칠흑 같은 어둠 속에서 웅얼웅얼하는 어머니의 목소리만 들렸을 뿐이다. 그 날 밤도 어머니는 경經을 외우고 계셨던 것이다. 우리들이 잠들고 나면 어머니는 일어나 앉아 어둠 속에서 경을 외우셨다. 밖으로 불빛이 새어 나가지 않도록, 또 한겨울 삭풍을 막기 위해 창문에 얄팍하게 솜을 두어 누빈 북청색 방장房帳까지 쳐놓았으니 방안은 별빛조차 들어오지 않는 캄캄한 어둠 속이었다.

　1·4 후퇴로 서울 시민이 거의 남쪽으로 내려갈 때 어머니는 피란을 포기하셨다. "이 엄동설한에 어린것들 데리고 피난 가다가 길에서 얼어 죽겠다."고 말씀하시면서. 부모님의 고향이 개성이어서 남쪽에는 친척은커녕 누구 하나 아는 사람도 없었기에, 그냥 서울에 남아 있기로 하셨던 것이다.

　중학교 1 학년이던 나와 갓 두 돌이 지난 막내까지, 나이 어린 아이들 넷을 데리고 어머니는 피란가고 비어 있는 친지의 집으로 몸을 피했다. 대로변에 있는 큰 집보다는 막다른 골목 안의 작은 한옥이 안전하리라고 생각하신 것이다. 이제 돌이켜 보니, 어머니가 피난을 가지 않고 서울에 남아있기로 했던 것은 어쩌면 인민군에게

끌려간 아버지가 혹시 돌아오시지나 않을까 하는 기대 때문이었을
지도 모른다.

어머니가 절에 가시는 것을 한 번도 본 일은 없었지만, 그 시절
어머니들은 흔히 생래적 불자(佛者)였다. 그래서 어머니는 늘 '관세음
보살'을 입에 달고 사셨고 좋은 일이든 궂은일이든 그저 관세음보
살을 찾으셨다.

인민군에게 끌려가신 아버지와 제2국민병으로 소집되어 나간 오
빠가 무사히 돌아오라고, 그리고 뿔뿔이 집을 나가 있는 과년한 두
언니들과 우리 식구 모두에게 아무 일 없기를 비느라고 어머니는
천수경(千手經)을 외우는 거라고 하셨다. 전기조차 없는 한겨울 밤에,
일찌감치 잠든 아이들 곁에서 어머니는 천수경을 천 번씩 외우셨다.
식구들의 안위를 위해 경을 외우지 않으셨다면, 잠 못 이루는 그 기
나긴 밤을 어머니는 어떻게 보내실 수 있었을까.

겨우내 먹을 식량이 충분했을 리도 없었을 텐데, 저녁밥을 지으
면 어머니는 어김없이 아버지의 진지 주발에 밥을 퍼 놓으셨다. 아
버지가 불쑥 들어와 밥을 달라고 하실 리도 없건만, 아버지의 진지
를 매일 저녁 담아 놓고 찬밥을 만드시는 어머니를 나는 이해할 수
가 없었다.

지루하게 끌던 휴전 협정이 조인되자 아버지가 북에서 돌아오실
수 있다는 희박한 가능성마저도 차단되고 말았다. 그런데도 내가
고등학교 3학년이 될 때까지, 그러니까 5년 동안을 어머니는 하루
도 거르지 않고 아버지의 저녁 진지를 담아 놓으셨다.

아버지가 납북되시고 십 년이 좀 지났을 때, 어머니는 당신 친구
의 끈질긴 권유로 천주교로 개종하셨다. 그러고는 '천수경' 대신에

'성모경聖母經'을 외우셨다. 아마 그토록 간절하게 부르는 어머니의 목소리를 듣지 못하는 관세음보살 대신에 성모님에게 매달리고 싶은 마음이 드신 것은 아니었을까.

어머니는 이승을 떠나시는 날까지, 50년이라는 긴 세월 동안 기다림의 삶을 사셨다. 매일 아버지의 저녁밥을 담아 놓는 일은 진작 그만두셨지만 어머니의 기다림에는 변함이 없었으리라. 아니, 아버지가 언젠가는 돌아오시리라는 실낱같은 희망을 차마 버릴 수가 없으셨는지도 모른다.

아흔이 넘으시도록 어머니는 아버지가 돌아가셨을지도 모르니 제사를 모시자는 말씀을 하지 않았다. 북한의 그 열악한 생활 환경 속에서는 어머니와 동갑인 아버지가 어머니만큼 장수하실 것 같지는 않다는 것이 자식들 생각이었지만, 어머니는 그런 말을 한 번도 입밖에 내신 적이 없었다.

어떤 시인은 "기다린다는 것은 얼마나 사람을 황폐하게 만드는지 모른다."고 했다. 사실 기다림이란 사람의 피를 졸이는 일이다. 하지만 기다림의 끈을 놓아버리는 날이면 희망은 마치 끈이 끊어진 연처럼 허공으로 사라지고 마는 것이 아닐까. 언젠가는 만날지도 모른다는 희망의 불씨를 꺼뜨리지 않고 기다림의 세월을 10년 20년 지속하다 보면, 기다림은 하나의 삶의 이유가 되어버릴 것이다. 기다림에는 한 가닥 희망이 전제되어 있기에, 어머니는 반세기라는 길고 긴 세월을 그렇듯 꿋꿋이 버티어 내실 수 있지 않았을까.

까치 우는소리가 들리기만 하면 어머니는 어김없이 "반가운 손님이 오시려나……" 하셨다. 그런 날이면 철없던 나는 하루 종일 누군가 오려나 생각하곤 했었는데, 그것은 아버지를 기다리는 어머니의 간절한 마음이었을 뿐이다.

　요즘도 까치 소리가 나면, 먼 하늘을 바라보며 "반가운 손님이 오시려나." 하시던 어머니의 목소리가 들릴 것만 같다.

산사에서 만난 예수

좀처럼 오지 않을 듯하더니, 그래도 계절은 어김없이 제자리에 와 있다. 마냥 기다리던 이 좋은 계절을 그냥 지나가게 할 수는 없지 않은가. 스쳐가는 가을의 한 자락을 잡아 보려는 사람들은 들로 산으로 나간다.

산에 가면 어디서나 반드시 만나게 되는 게 있다. 멀리 있는 큰 산에 오르면 그 이름에 어울리는 명찰名刹을, 가까운 산에서는 이름 없는 암자를 만나게 된다. 산사의 문은 언제나 열려있다. 누구나 발이 닿는 대로 마음 내키는 대로 들어갔다 나올 수 있다. 아무도 어디서 왔느냐고 또는 무엇 하러 왔느냐고 묻지 않는다. 차디찬 석간수로 타는 목을 축일 수도 있고 잠시 다리를 쉬어 갈 수도 있다. 그뿐인가, 허기지고 지친 나그네는 끼니와 잠자리를 신세질 수도 있다.

내가 설악산 봉정암에서 하룻밤을 신세진 것이 벌써 10여 년 전 가을이었다. 개천절 연휴를 이용해 우리나라 5대 적멸보궁의 하나인 봉정암에 가자는 불자佛者 친구의 말에 나는 흔쾌히 동의했다. 비록 내가 불자는 아니지만 그런 기회에 꼭 한번 가보고 싶었다.

설악의 단풍은 절정이었다. 마치 어린아이가 오색 물감을 마구

칠해 놓은 것 같았는데, 상록수와 절묘한 조화를 이루고 있었다. 다른 때 같으면 조물주의 빼어난 색감에 감탄사를 연발했겠지만 너무 지쳐 그럴 기력조차 없었다. 2박 3일의 산행을 위해 준비한 배낭을 메고 오색약수에서부터 대청봉에 오르는 일은 내게는 고행과 같았다.

해발 1780m라고 새겨진 대청봉의 표지석標識石을 보자 거기까지 무사히 올라온 내 자신이 대견스럽기만 했다. 표지석을 뒤로 하고 봉우리를 돌아 내려서는데 눈부신 그림 한 폭이 우리 앞을 가로막았다. 맞은편에 우뚝 선 검은 기암괴석의 봉우리 위로 저무는 해가 장대한 색채의 향연을 펼치고 있었다.

가을 저녁은 빠르게 어두워졌다. 어둠 속에서 발걸음을 재촉했지만 봉정암에 도착했을 때는 이미 밤 10시가 지난 시각이었다. 염불과 목탁 소리만이 아련하게 떠도는 적요 속에 묻혀 있으리라고 생각했던 절 경내는 마치 거대한 잔칫집처럼 북적거렸다.

이 많은 사람들이 왜 이곳에 온 것일까. 이들이 모두 기도를 하기 위해 온 불자들은 아닐 터이고, 나처럼 설악산의 단풍을 찾아 나선 길에 날이 저물어 하룻밤을 신세지려고 찾아든 등산객들이 분명했다.

형광등 불빛으로 대낮 같이 밝은 취사장 앞에는 수많은 사람들이 길게 줄을 지어 서 있었다. 친구와 나도 그 긴 줄의 끝에 가서 섰다. 그 많은 사람들은 누구나 똑같이 뜨거운 미역국 한 대접에 흰 쌀밥 한 주걱을 받아가지고 물러섰다. 자정이 가까워 가는 시간인데도 그 줄에는 계속해서 사람들이 꼬리를 이었다.

아침 일찍부터 서둘러 나선 긴 산행으로 지친 등산객들에게 뜨끈

한 미역국밥은 꿀맛이었다. 도대체 얼마나 되는 사람들에게 밥과 국을 나누어 주는 것인지 알 수 없었다. 그 많은 밥을 지은 쌀은 도대체 얼마나 될까? 어떻게 이 깊은 산 속까지 그 많은 쌀을 운반해 왔을까. 숟가락질을 하면서도 나는 줄곧 그런 단순한 의문에 골몰하고 있었다.

밥을 먹고 나자 친구가 배낭에서 양초 한 묶음을 꺼내 놓았다. 절에 시주하려고 가져온 것이라고 했다. 이곳에 오는 불자들이 모두 이렇게 조금씩 지고 온 쌀과 미역으로 이 많은 사람들을 먹이는 것일까. 내 배낭 하나도 무거워 벗어 던지고 싶었는데, 불자들이 어깨가 빠지게 지고 온 쌀로 지은 밥을 내가 먹었다고 생각하니 한없이 송구스러웠다.

하루 종일 혹사시킨 발을 쭉 뻗고 누울 수 있겠다는 기대감으로 법당 문을 여는 순간 나는 하마터면 소리를 지를 뻔했다. 학교 강당만큼이나 큰 법당에 사람들이 가득 차 있는 것이 아닌가. 그런데 시루 속의 콩나물처럼 빽빽하게 끼어 앉아 있는 그 사람들은 모두 졸고 있었다.

날이 밝자 우리는 또 취사장의 대열에 섰다. 귓전에 들으니 전날 밤 그곳에서 머문 사람들이 자그마치 2천 명이 넘을 거라고 했다. 그런데 이번에는 국밥 뿐 아니라 점심이라면서 주먹밥 두 덩이를 얹어주는 것이었다.

봉정암을 뒤로 하고 오세암으로 가는 길은 험한 내리막이었다. 조심스레 발을 옮겨 놓다가 문득 지난밤에 사람을 찾던 방송이 떠올랐다. 밤이 깊어 가는데도 확성기를 통해 사람을 찾는 소리가 계속되고 있었다. "--신부님을 찾습니다. 대웅전 앞으로 와주세요." "--

교회에서 오신 --씨를 찾습니다.” 하룻밤 잠자리와 끼니를 신세져야 할 사람들에게는 그 곳이 타종교의 성전이라는 사실이 아무 문제가 되지 않는 모양이었다.

불자이든 아니든 가리지 않고 누구든 받아들이는 너그러움, 그것이 대자대비한 부처님의 넓은 품이고 사랑이 아닌가 싶었다. 그 품에서 하룻밤을 신세진 사람들이 이 산에서 내려간 다음에도 서로 울타리를 치고 편을 가르며 ‘우리’만이 옳고 ‘너희들’은 그르다고 하지 않는다면 얼마나 좋을까 하는 생각이 문득 일었다.

어느 해인가 초겨울에 박물관 답사여행을 갔을 때였다. 지금 그 사찰의 이름은 기억에 없지만, 절 마당에 들어서자 내 눈 앞을 가로막는 것이 있었다. “아기 예수의 탄생을 축하합니다.” 라고 쓰인 커다란 현수막이 펄럭이고 있는 게 아닌가. 나는 어안이 벙벙했다. 절에서 성탄절을 축하하다니.

그것은 참으로 신선한 충격이었다. 내 종교가 아닌 남의 종교를 인정하고 존중하는 열린 마음과 모든 인간에 대한 사랑이 종교가 지녀야 할 참된 자세가 아닐까. 이 지구상에서는 지금 이 시각에도 종교가 다르다고, 종파가 다르다고, 또는 사상이 다르다고 서로 싸우고 죽이는 전쟁이 계속되고 있다. 내 것과 다른 남의 생각과 문화를 존중하고 이해하려는 노력이 있다면, 그리고 우리 모두가 사랑으로 마음을 열고 살아간다면 지금보다는 조금 더 살기 좋은 세상이 되지 않을까 하는 생각을 해 본다.

이 아름다운 계절이 다 가기 전에 오늘도 낙엽 지는 소리를 들으며 나는 산길을 걷고 있다.

허 숭 실

soong411@hanmail.net

허숭실 (본명 : 허윤정)
내몽골 우란호트에서 출생
경기여고, 이화여대 불문학과 졸업.
한국문인협회 회원, 이화여대 문인회 이사
이음새 에세이문학회 회원
수필집 『꽃은 흔들리며 사랑한다』

나의 쉼터를 가꾸며

　머리가 무겁고 눈이 흐려져 책을 읽을 수 없거나 손가락이 아파 퀼트 바느질을 할 수 없으면 나는 정원으로 나간다.

　잔디에 떨어져 내린 솔잎들을 바구니에 담으며 소나무를 올려다 본다. 날마다 꽃밭을 살피건만 어디에 숨어서 자랐는지 잡초가 또 눈에 띄어 뽑아낸다. 여기저기 씨가 떨어져 제멋대로 솟아오른 봉숭아와 과꽃 싹들을 솎아 종류별로 옮겨 심는다. 그늘에서는 진한 빛깔의 꽃을 피워내지 못하는 화초를 양지바른 곳으로 옮긴다. 내년에는 더 짙고 선명한 색의 꽃을 볼 수 있을 것이다. 웃자라서 키가 껑충하고 줄기가 약한 놈은 두어 마디를 남기고 잘라내면 많은 곁가지를 달고 튼실한 가지가 솟아오른다. 강아지가 밟아서 드러누운 꽃나무도 일으켜 세우고 지지대를 박아 묶어 준다. 잎이 너무 넓게 퍼져서 주변 화초에 그늘을 드리우는 옥잠화 잎은 떼어낸다. 지나치게 잎이 무성한 나무는 열매를 맺지 못하므로 양분이 소진되지 않도록 잎을 잘라내어야 탐스러운 열매를 딸 수 있다. 순서를 정할 것도 없이 눈에 띄는 대로 부지런히 손질을 하다 보면 '나'는 간 곳이 없고 흙에 취한 손길만 움직이고 있다. 다사로운 행복감이 발에서부터 종아리로, 허벅지로, 가슴으로 번져 올라옴을 느낀다.

우리 집 뜰에는 새들이 많이 날아든다. 녀석들은 나뭇가지의 겨드랑이에 붙어 있는 벌레를 쪼아 먹거나 꽃받침에 다닥다닥 붙은 진딧물도 훑는다. 농약을 뿌리면 벌레는 잡겠지만 화초와 땅에 농약이 스며드는 것이 꺼림칙해서 약을 뿌릴 수가 없었다. 그래서 뜰에 나갈 때마다 아예 집개를 들고 벌레사냥을 시작했다. 쐐기를 보고 재빨리 집개로 잎을 찍었는데 갑자기 내 콧등이 따가웠다. 고놈이 콧등을 쏘고 잎들 사이로 숨어버린 것이다. 콧등이 퉁퉁 붓고 따가워서 여러 날 고생을 했다. 벌레라면 머리카락이 쭈뼛거리고 소름이 돋을 정도로 싫고 무서웠는데, 그것들이 새들의 먹이가 된다는 것을 확인하고는 단지 새들의 간식으로 보이기 시작했다. 새들에겐 냠냠이요 화초엔 훼방꾼이니 그 망나니 벌레들 때문에 자주 갈등에 빠지곤 한다.

소나무 아래 놓인 돌확에는 늘 맑은 물이 찰랑찰랑 담겨 있어서 새들이 목을 축이기도 하고 직박구리는 아예 그 속으로 들어가 날개를 퍼덕이며 목욕까지 하고 간다. 그것도 십 여 차례나 물속으로 들어갔다가 온몸을 흔들어 물을 털어내는 놈도 있다. 새들이 모여드는 이유가 또 있다. 곰처럼 크고 순한 말라뮤트 종인 '리치'는 사료를 주어도 배가 고프지 않을 때는 바닥에 쏟아놓고 먹지 않는다. 구수한 냄새가 바람을 타고 새들을 불렀을까, 참새와 까치, 직박구리, 비둘기까지 날아들어 개밥을 나누어 먹는다. 순둥이 리치는 새들이 마음놓고 먹으라는 듯이 한쪽 구석으로 비껴 앉아서 멀뚱멀뚱 바라보기만 한다. 새들은 개밥을 빼앗아먹고도 성이 차지 않는지 다시 살구나무와 감나무로 날아올라 벌레 사냥을 한다. 돌확에서 물까지 먹고 나서야 '삐이요 삐요르르, 짹짹' 거리며 제 친구들에게 신호를 보낸다. 때로는 길고양이들까지 몇 마리씩 몰려와서는 개 사료를 먹어치우고 뒤꼍으로 살금살금 숨어버린다. 우리 집 뜰로 찾아든 새들에게서 신의 은총을 발견한다.

정원에 나서면 생명의 신비로운 순환을 낱낱이 살필 수 있다. 노르스름한 연한 싹이 흙을 밀치며 세상을 보려고 머리를 내밀고 있다. 소리 없이 내리던 보슬비가 마른 땅을 적시는 벅찬 기쁨을 감추지 못해 빗줄기가 굵어진다. 고개 들어 하늘을 보니 구름 속에서 웃는 해가 보인다. 어느새 구름을 찢고 눈부신 햇살이 쏟아진다. 흙을 만지며 마음의 귀를 열면 나무에 수액이 흐르는 소리와 꽃들의 새근거리는 숨결이 들리는 듯하다. 꽃봉오리가 터지면서 내는 미세한 소리는 사랑의 탄성인가. 열매를 다 따고 나면 잎이 말리고 꺼칠해지는 매화나무를 볼 때마다 어머니를 떠올린다. 영하의 추위에도 꽃눈을 촘촘히 달고 키우다가 봄맞이의 첫 손님으로 만개하는 매화는 꽃이 아니라 어머니의 혼령이다. 배롱나무의 붉은 꽃잎은 무게를 이기지 못하겠다는 듯 감미로운 리듬을 타고 흔들리고 있다. 스산한 가을바람에 감나무도 모과나무도 단풍든 잎을 떨구어 발목을 덮는다. 새로운 생명을 잉태하기 위해 묵묵히 자신을 버리고 있다. 꽃나무와 새들과 눈맞춤을 하노라면 뻑뻑하던 눈망울이 부드럽게 풀린다. 호미질을 하다 보면 뭉쳤던 근육도 풀어지고 손가락의 통증까지 흙 속으로 녹아든다. 신비로운 안락함이 내 몸과 영혼을 가득 채우고 넘치는 것을 느낀다. 시인이나 철학자의 심오한 강의를 듣는 것보다 더 깊은 진리를 나의 작은 뜰에서 깨닫기도 한다.

몇 번의 봄이 오고 결실의 가을이 지나갔을까. 봄을 맞으며 희망에 부풀어 꿈결 같은 날들도 있었다. 하늘을 가리도록 시퍼런 잎을 펼치던 여름날의 오만방자함이 부끄러웠다. 가을의 허전한 마음을 추스르던 어느 날, 이미 겨울의 문턱을 넘어섰음을 깨달았다. 그러나 지나간 봄날로 되돌아가고 싶은 마음은 일지 않는다. 아지랑이 일렁이던 그 방황을 다시 반복하고 싶지는 않다. 더는 출렁일 것도 없이 잔잔한 호수가 되어 떨어지는 별을 받아 안고 가만가만 옛노래를 부르고 싶을 뿐이다. 손바닥만한 나의 뜰에서 툽툽하고도 구수한 흙냄새를 맡으며 풀들이 누웠다 일어나는 몸짓을 지켜보는 기쁨으로 만족하고 싶다.

'동인재' 뜰은 '타샤'의 정원에 견주면 손바닥보다 작지만 나에겐 소우주이며 아늑한 쉼터이다. 세상사에 억눌렸던 영혼을 자유롭게 놓아주는 에덴동산이다. 하늘도, 해와 달도, 햇볕과 바람도 쉬어가는 쉼터이다. 밤마다 하늘에 매달린 무수한 별들이 내려와 잠드는 별들의 꽃밭이다. 가물가물 잊혀져가는 옛 추억을 되살려주고 애틋하고 안타까운 사랑이야기도 엮어낼 수 있는 요람이다.

초승달 빛이었나

　제주도를 감싸고 있는 바다가 하얗게 포말을 풀어 놓으며 흔들리고 있다. 육지를 향해 날고 있는 기체에서 섬이 점점 멀어지며 작아지다가 시야에서 사라지자 초승달의 잔광이 눈앞에 어른거렸다.

　해마다 사월 초파일이면 똑같은 글귀가 쓰인 엽서가 날아오곤 했다. '날마다 좋은 날 되소서. 불기 2546년, 석가 탄신을 기리며'란 짧은 글을 받을 때마다 마음이 편치 않았다. 퍼내고 퍼내도 고이는 열기를 바람에 실어 보내던 그의 엽서가 2002년을 끝으로 더는 오지 않았다. 거리마다 내걸린 초파일 연등을 보며 '이제는 마음을 내려 놓았는가 보다.' 안심이 되면서도 가슴 한쪽이 허전했다.

　어느 날 바빠서 도저히 틈을 낼 수 없다는 내게 그는 '오늘이 마지막으로 볼 수 있는 날'이라며 굳이 불러냈다. 백화점 분수대 앞에 서 있는 그를 본 순간 나는 소스라치게 놀라 눈을 감아버렸다. 검고 숱이 많던 머리카락은 온데간데 없었다. 칙칙하게 먹물을 들인 승복 차림에 고무신을 신은 그는 허름한 바랑을 메고 있었다. 나에게 두 손을 모으고 합장을 했으나 그의 눈빛은 여전히 타는 듯 했다.

　교회에서 함께 자랐고 미션계 고등학교와 대학까지 졸업한 그가 수도승이 되다니. '오늘이 마지막으로 볼 수 있는 날' 이라던 그의 협박 같은 말이 무슨 뜻이었는지 알 것 같았다. 북적대는 백화점에 더는 있을 수가 없어 우리는 서울 대공원으로 자리를 옮겼다. 시월의 공원은 주말이 아니어서 한산했다. 점심으로 나온 비빔밥에 꾸미로 얹은 볶은 고기를 젓가락으로 골라내는 그의 모습을 무연히 바라보다가, 오래 전에 내가 근무하는 직장까지 느닷없이 찾아오던 그와 커피만 마시던 기억이 떠올랐다. 그와 단 둘이 먹은 비빔밥은 처음이자 마지막이 된 음식이었다. 초승달도 눈부시다더니 바라보기만 해도 가슴이 타올랐던가, 수계受戒를 받고 수도승이 된지 여러 해가 지났건만 물기어린 그의 눈빛은 아직도 흔들렸다. 우리는 한적한 공원을 걸으며 지난 이야기를 나누었다.

88 서울올림픽을 앞둔 김포공항은 삼엄하고 꽤나 붐볐다. 나는 해외로 출장 가는 남편을 배웅하러 갔다가 우연히 그를 만나 당황했으나 천연스레 남편에게 소개했다. "어릴 적부터 교회에서 친하게 지내던 친구예요." 그는 만나게 되어 반가웠노라고 인사를 하고는 쫓기듯이 밖으로 나갔다. "저 친구 Y대 철학과 나오고 금성 대리점 한다는 그 사람이지?" 남편은 무심한 척, 저만큼 가는 그의 뒷모습을 바라보면서 그를 기억해 냈다. 마침 그의 가족이 미국으로 이민을 가던 날이었다. 고등학생인 두 아들과 아내가 탑승구로 들어가 버리자 그는 힘주어 뜨고 있던 눈을 스르르 감고 중얼거렸다. "아빠를 용서해 다오. 아무리 애를 써 봐도 내 마음을 붙잡아 둘 수가 없구나." 그는 가족을 태운 비행기가 뜨는 것을 보려고 주차장 쪽으로 발길을 돌리던 참이었다.

주일 낮 예배가 끝나면 중등부 학생들은 2층 교육관으로 모였다. 신앙 동인지를 만든다고 등사판을 밀면서 검정 잉크를 서로 얼굴에

발라 주고는 깔깔대며 도망 다녔다. 시골아이처럼 순박해 보이고 말 수가 적은 그가 2층 난간에 기대 선 나를 슬쩍 밀면서 '누구누구 다리는 새다리'라고 놀렸다. 나는 몸이 약해서 다리가 새처럼 가늘고 연약해 보였었다. 그것이 여자를 향한 철없는 그의 첫 고백이었다. 남자 형제들 틈에서 자란 나는 남학생들과 스스럼없이 지내는 편이었다. 가슴 설레는 감정은 없었지만 체격이 크고 무던한 성품의 그와 함께 있으면 편안해서 군 복무를 위해 떠나는 그가 아쉽게 느껴졌다. 그가 입대하던 날,

"사고 없이 잘 다녀와, 기도해 줄게."
라며 다정함을 표했다.

"첫 휴가 받고 나왔더니 네가 벌써 결혼했다고 하더라."
"제대하고 나오니까 큰형수가 선을 보라고 하기에 선보고 두 달만에 결혼해 버렸어."

그와 이야기를 나누며 옛 기억을 토막토막 회상하다가 파란빛이 도는 그의 까까머리로 눈길이 갔다. 크리스천이던 그가 수도승이 된 것을 되돌려 놓아야겠다고 나는 눈에 불을 켜고 설득하기 시작했다. "넌 어렸을 때부터 깍쟁이였지, 남의 마음은 다 빼앗아 가면서 네 것은 하나도 안 주었으니까." 나는 그의 말을 듣는 순간 죽비를 맞은 듯 정신이 번쩍 들었다. 할 말을 잃고 시무룩해진 나를 바라보던 그가 "눈에서 힘을 빼니까 옛날 모습 그대로네. 나를 그냥 내버려 둬. 어차피 우리는 공유할 것이 하나도 없는 사람들이었어." 라는 말로 오금을 박았다. 돌아오는 차 속에서 그를 잊으리라 다짐했다. 수도승이 되었건, 아직도 타는 눈빛을 잠재우지 못한 혈혈단신 외톨이가 되었건.

어느 해 가을날, 그가 불쑥 일산 집으로 찾아왔다. 갑작스런 방문에 난처해하자 그는 덧니를 드러내며 히죽이 웃었다. 그의 웃는 모습을 보며 세속의 까다로운 질서들이 덧없는 울타리로 느껴졌다. 우리는 호수공원으로 나가 해를 등지고 자신들의 그림자를 밟으며 엽서에 담지 못했던 이야기를 나누었다. 신과 악마는 그의 영혼을 저울질하며 싸움을 그치지 않아 그는 갈등에 시달리며 방황했다. 그가 지금껏 믿어온, 그리스도만이 구원의 길이라는 신앙은 지나친 편견과 형체 없는 폭력이라는 자각이 끊임없이 그를 괴롭혔다. 중년에 접어든 그는 의사들도 포기한 병으로 죽을 날만 기다리면서 하나님을 단 한 번도 찾지 않았다. 죽음을 앞두고 두려워 떨면서도 목숨을 간구하지 않았다. 자신도 이해할 수 없는 심정이었다. 그는 죽음을 준비하기 위해 산사山寺에 들었다가 우주의 티끌조차도 궤도를 따라 운행되고 있음을 깨달았다. 생명과 죽음은 자연의 질서요, 윤회의 고리에서 벗어날 수 없음을 깨닫고는 불교에 귀의하게 되었다. 그는 병이 기적적으로 회복되자 벽도 지붕도 허물고 제주도로 날아가 두견이가 되었노라고 바랑에 담아 두었던 두루마리를 한 갈피씩 풀었다.

봄 햇살이 솔잎을 금빛으로 물들이던 날이었다. 그에게 '이제는 집착을 내려놓고 눈을 뜨라' 는 시 한 편을 적어 보냈다.

나도 봄산에서는

나를 버릴 수 있으리

솔이파리들이 가만히 이 세상에 내리고

상수리나무 묵은 잎은 저만큼 지네

봄이 오는 이 숲에서는
지난날들을 가만히 내려놓아도 좋으리
그러면 지나온 날들처럼
남은 생도 벅차리
봄이 오는 이 솔숲에서
무엇을 내 손에 쥐고
무엇을 내 마음 가장자리에 잡아두리
솔숲 끝으로 해맑은 햇살이 찾아오고
박새들은 솔가지에서 솔가지로 가벼이 내리네
삶의 근심과 고단함에서 돌아와 거니는 숲이여 거기 이는 바람이여
찬 서리 내린 실가지 끝에서
눈 뜨리
눈을 뜨리
그대는 저 수많은 새 잎사귀들처럼 푸르른 눈을 뜨리
그대 생의 이 고요한 솔숲에서
　　－「그대 생의 솔숲에서」 전문, 김용택

　사월 초파일이 몇 번이나 지나도록 엽서도 전화도 없기에 '드디어 깨달음에 들었는가' 하면서도 궁금하고 서운함을 떨칠 수 없었다. 이제 만나면 묻어둔 이야기를 차분차분 나눌 수 있으리라, 마음을 다잡았지만 여전히 설레는 가슴을 안고 제주도를 찾았다. 자연의 질서가 삶의 길이라 했던가. 시간은 정해진 궤도를 타고 어김없이 흘러갔다. 아무리 애걸복걸해도 기다려 주지 않았다. 그는 이미 몇 해 전에 관음사가 바라보이는 한라산 돌밭에 한줌 가루가 되어

스미었다. 다비식을 치를 만큼 고명한 스님은 아니었지만 제주도의
고승들이 그의 몸을 거두어 주었다. 나그네 길을 접고 입적했으나
이승에 두고 간 살붙이와 가슴에서 떼어내지 못한 정인들이 그의
발길을 잡았을까. "두견이의 구슬피 우는 소리가 자주 들려" 관음
사 스님의 그 말씀을 곱씹으며 하늘을 올려다보았다. 하늘도 별빛
도, 가슴도 캄캄했다. 어둠속에 실낱같은 초승달이 떠올랐다. 은은
한 달빛을 받으며 그는 눈을 감고 가슴도 닫았는가. 옥빛이 퍼지는
하늘로 새 한 마리가 멀어져가고 있었다.

류명달

rmdal@naver.com

한국문인협회 회원
이음새 에세이문학회 회원,
문학의 향기 회원

4·19 묘역

　누군가가 "4월은 가장 잔인한 달. 죽은 땅에서 라일락을 키워내고 기억과 욕망을 뒤섞으며 봄비로 잠든 뿌리를 뒤흔든다."고 했다. 내 기억 속의 4월 역시 꿈틀대는 봄의 생명력이 고통으로 뒤섞인 기억들과 함께 잠시 나를 흔들어 놓는다. 시련 없는 삶이 없듯, 혹한을 이긴 들꽃의 그 의지를 떠 올린다면 희망을 한껏 부풀려 올릴 때가 바로 지금이다.

　4월은 누가 문을 열어 주지 않았는데도 제 스스로 들어서고 있다. 백목련이 두툼한 봉오리를 터트리며 반긴다. 진달래, 개나리까지 뛰어나와 환한 웃음을 뿌려댄다. 언제나 이맘때면 늘 그 자리에 우뚝한 그들. 그리고 보면 모든 이치가 물 흐르는 듯 자연스러운 것인데……. 내가 겪은 잔인한 4월은 이런 이치를 거슬려서 오는 아픔이었다.

　한 쪽 눈에 최루탄이 박힌 채 물에 퉁퉁 불은 남고생男高生, 김주열의 사진이 내가 살던 부산 거리 곳곳에 나붙었었다. 그 사진이 기폭제가 되어 총과 최루탄, 이에 대항하는 돌멩이와 화염병의 난무가 그 해 봄을 공포에 떨게 했다. 대학생뿐만 아니라 고등학생들까지도 그 비판의 대열에 가담했다. 심지어는 나 같은 여중생도 민주

주의를 쟁취하기 위하여 목청껏 구호를 외쳤었다.

곪아 있던 것들이 한꺼번에 터지느라 어느 한 곳 조용한 데가 없었다. 창문을 뚫고 날아든 최루탄에 아수라장이 되어버린 교실이 있는가 하면, 하굣길의 친구가 느닷없는 총탄에 중상을 입기도 했다. 시위 행사에 따른 교통 혼란은 물론, 도처에 불법천지 같은 무질서가 한동안 판을 쳤다. 그런 속에서도 질서의 소중함을 절실히 깨닫게 된 것은 그나마 다행한 일이었다. 어려운 소시민의 희생도 만만치 않았다. 우리 아홉 식구의 입이 매달린 어머니의 가게도 문을 닫아야 했으니.

정치인들의 야욕이 빚은 권력에 의한 부패와 부조리의 파장이 4·19라는 정의의 몸살을 앓게 했다. 그리고 그것은 역사의 한 장을 아픔으로 장식했다.

지금 나는 그 주역들이 영면하고 있는 우이동 4.19 묘역에 와 있다. 위로하듯 햇살은 따스하고, 백 팔십 오위의 젊은 혼령들은 말없이 오순도순하다. 그들이 순수했던 젊음을 아낌없이 불살랐기에 자랑스러운 오늘이 있는 것이리라.

묘비 앞에 앉아 눈물을 흘리시는 아흔을 넘긴 듯한 한 할머니의 모습이 내 마음을 더욱 무겁게 한다. 자연은 변함없이 그 위에도 꽃비를 내려준다. 할머니의 손이 묘비를 하염없이 쓸어내리고 있다.

다시는 오지 말아야 할 그 날이다. 잔인한 달이라지만 4월은 라일락이 피어나듯 민주주의를 꽃 피운 희망의 달이기도 하다. 별로 찾는 이가 없는 이 묘역에서는 대리석에 새겨진 시구詩句들이 그들에게 위로의 말을 전하고 있다.

힘차게 물을 빨아올려 꽃을 피웠던 그 4월의 영령 같지 않게 그

때 심어진 희망 나무는 조금 더딘 행보를 하고 있다. 그 나무 그늘 아래 모여들 행복의 웃음은 모두 다 남은 사람들의 몫일 것이다.

　오늘 같은 날은 따뜻한 햇볕을 등에 지고서도 가슴에 일말의 통증을 느낀다. 그것이 반드시 그 할머니의 넋 잃은 표정 때문만은 아니지 싶다.

안개 속을 달리며

약속 시간에 늦지 않으려고 이른 아침 서둘러 집을 나섰다. 김포에 둥지를 튼 딸네 집을 가는 중이다. 자욱한 안개는 밤잠을 설친 머릿속처럼 흐릿하게 길 전부를 덮고 있다. 그 너머로 손자 녀석이 빨리 오라고 손짓을 하는 것만 같아 마음이 바빠 온다. 올림픽 대로에 들어서니 가시거리가 10m도 채 안 되어서 깜빡이는 앞차의 불빛을 놓치지 않으려고 정신을 바짝 차린다. 한강을 끼고 있는 이 길 위에선 이런 현상은 예사롭게 일어나는 일이다.

안개가 주는 신비스러움, 그게 예전과 달리 느껴지는 것은 지난번 여행 때문이다. 열린 창틈으로 스물스물 스며든 안개가 중국 계림을 떠 올리게 한다. 그 때의 습한 기운 탓인지 뿌연 안개가 온 몸을 휘감는 듯하다. 계림을 찾았을 때는 계수나무가 단비를 맞아 윤기를 더하는 유월이었다. 사진으로만 눈에 익힌 산들의 실체는 내 마음을 빼앗기에 충분했다. 3억 5천여 년 전에 바다가 치솟았다는 삼각뿔 모양의 석회석 산봉우리들, 멀리서 보니 대나무 밭의 죽순처럼 우뚝우뚝 솟아 있다.

그날따라 더위를 식히려는 비 때문인지 한 편의 멋진 드라마를 연출하기 위함인지 넓은 들판에 안개가 소리도 없이 연막을 쳤다.

달리는 버스에서 바라보니, 경계가 보이지 않는 드넓은 분지는 십만 여에 달하는 산봉우리들을 실루엣만 남기는 신비를 그리고 있었다.

그래서였을까. 그 수많은 산봉우리가 갑자기 사람으로 보이기 시작했다. 착시 현상이지 싶어 눈을 크게 뜨니 머리를 숙인 채 웅크린 그들은 묵직한 갑옷으로 무장한 무사들로 보였다. 겹겹으로 운집해 있는 그들은 금방이라도 함성을 지르며 전쟁터로 향할 것 같았다.

중국을 제압한 진시황제와 그의 용병들이 떠오르고 돌격직전 장군의 명령을 기다리는 무사들로 보였다. 그들이 한 발짝만 떼어도 천지가 요동할 것 같아 숨소리마저 죽여졌다. 그나마 안개가 족쇄처럼 그들의 발목을 잡고 있어 다행이었다. 웅성거림이 잦아들면서 차창을 두들기는 빗소리에 퍼뜩 정신이 났다.

햇빛이 프리즘을 통과할 때의 오색 무지개처럼 계림의 산과 안개는 서로 어울려 신비의 정체를 슬쩍슬쩍 펼쳐 보였다. 잠시나마 다른 세상을 구경한 셈이다. 내게 있어서 그것은 수채화를 그릴 때의 감흥과도 흡사했다. 종이 위에 물감을 떨어뜨렸을 때, 그것들이 섞이고 번지면서 나타나는, 의도하지 않은 또 다른 어떤 현상들과 비슷했기 때문이다. 물론 십삼여 억 중국의 큰 힘이 내 무의식을 지배한 탓도, 특이한 계림의 산봉우리들이 안겨 준 기대도 있었겠지만, 그것은 오르지 여행이 주는 특별 보너스, 신비스러운 감흥이었다. 여행 중에 색다른 역사와 문물을 접하고 새 사람과 사귀는 것도 즐거운 일이지만 이렇게 남다른 감흥에 젖게 될 때가 내겐 가장 가슴 두근거리는 즐거움이 된다.

올림픽 대로를 벗어나자 시야를 가렸던 안개가 흩어지더니 그 사이로 촉촉하게 젖은 산이 싱그럽게 다가온다. 나무와 나무가 품어내는 산안개가 하얗게 피어올라 재빠르게 정상을 향해 오른다. 자세히 보니 안개의 목표 지점은 산의 정상이 아니라 하늘이다. 뿌연 하늘은 흡입기라도 된 듯 산의 정기인 안개를 남김없이 빨아올려 살을 찌운다.

거부하지 않고 기꺼이 구름의 자양이 되어 주는 안개. 이 아침에 안개는 갈등을 일삼는 미약한 인간에게 무언의 메시지를 전하려는 것일까. 정체를 알 수 없는 사람을 일컬어 안개 속 같다고는 하지만 그 속에 감추어진 진실한 아름다움을 발견하는 것이 어찌 그렇게 쉽기만 하겠는가. 과연 계림은 내게 무엇을 보여주려 했고 또 나는 무엇을 보았던 것일까. 어느새 나타났다가 흔적도 없이 사라져 버리는 안개. 만남과 이별도 그런 것일까. 끝나지 않은 내 삶의 여정도 다는 알 수 없지만, 안개가 사라진 후의 쾌청함으로 점칠 수는 있을 것 같다.

호기심 어린 눈망울의 어린 손자 녀석들과 어울릴 생각에 입 꼬리가 절로 올라가고 속도계도 덩달아 오른다.

장연옥

firepl@hanmail.net

서울여대 대학원 국문과 졸업(석사)
<순수문학> 수필 등단
수필동인지 『연리지 사랑』 외 다수
한국문인협회 회원, 이음새 에세이문학회 회원

봄날의 상념

번짐의 계절이다. 나날이 번짐이 더해 간다. 온기도 번지고 아지랑이도 번지고, 그리고 그리움도 번져 간다.

파슬파슬하던 대지가 밤새 내린 봄비로 촉촉해졌다. 막 피어난 생강나무 꽃은 겨자 빛을 띠고 있다. 물기를 흠뻑 머금은 그 모습이 개울에서 자맥질을 하고 나온 꼬마아이 같다. 가만히 다가가 코를 대어보니 토종꿀 향이 난다. 어느새 달콤한 향이 온 산으로 번져나가는 듯하다.

수락산 귀임봉을 넘어서 남쪽에서 북쪽으로 이어지는 긴 능선길로 접어들었을 때다. 순간 나는 이승과 저승의 경계선에 서 있는 것 같은 착각에 빠졌다. 동쪽 산기슭에서 올라오는 바람이 기이한 연출을 하고 있었던 것이다. 능선으로 난 하얀 길을 사이에 두고, 동쪽 산은 봄비에 말끔히 씻긴 초목들이 눈부실 만큼 산뜻한 모습으로 생글거리고 있다. 그런데 서쪽 산은 새하얀 안개 무리에 뒤덮여서 마치 비행기에서 내려다보던 구름나라 같다.

봄산과 안개산을 번갈아 보면서 능선길을 걷다가 문득, 우리네 인생길도 이와 다르지 않을 것 같다는 생각이 들었다. 밝음과 어두움, 기쁨과 슬픔, 즐거움과 우울함이 공존하는 것처럼 행복한 사람과 불행한 사람이 따로 정해져 있지는 않을 것이다. 그런데도 우리는 대체로 한 쪽만 보고 자신은 불행한 사람이라고 단정 짓기를 잘한다.

내가 내려갈 길은 서쪽, 안개산 쪽이다. 여기저기서 자신의 존재를 알리는 자줏빛 싹눈들처럼 한껏 부풀어 있던 내 마음은 어느새 웅근 고요 속에 갇히고 말았다. 생각은 느닷없이 옛날로 돌아가고 있다. 나는 어릴 적에 요즘 같은 초봄을 무척이나 싫어했었다. 십 리 길을 걸어서 하교했을 때, 엄마 없는 텅 빈 집이 나를 맞이하는 것은 감당하기 어려운 아픔이었다. 봄철에 입맛을 잃고 허기진 배로 등하교를 하는 것이 내게는 몹시 힘든 일이었던 것 같다. 현기증이 일어나서 땅이 노랗게 보이는가 하면 아지랑이마저 유난히 어지럽게 눈앞을 가리곤 했었다. 그래도 집이 가까이 보이면 있는 힘껏 달음박질치며 엄마를 불렀다.

그런데 엄마는 없다. 대신 돌개바람이 부려놓고 간 흙먼지만 대청마루에 잔뜩 쌓여 있을 뿐이었다. 앞마당에는 여러 가지 농기구들이 어지러이 널려 있고, 싹눈 쪽은 다 잘리고 거무스름한 색깔로 변해버린 씨감자가 폐기물처럼 망태기에 담겨 있다. 식구들이 모두 감자를 심으러 밭에 나간 것이다. 그 쓸쓸하고 황량함이란! 겨우내 온 가족이 화롯불 가에 둘러앉아 군밤을 먹으며, 요람처럼 지내던 집이었는데. 갑자기 폐허가 된 것 같은 모습으로 내게 다가오고 있어서 나는 그 공허함을 주체할 수가 없었다.

선 채로 책 보따리를 마루에 휙 던져 버리고는 간터밭으로, 큰밭으로 엄마를 찾아 나섰다. 아직은 봄바람이 차가운 듯, 무명수건을 머리에 깊숙이 두르고 일을 하시던 엄마가 막내딸의 울음 섞인 외

침을 듣고는, 양지쪽에서 방금 피어난 노란 민들레꽃 같은 미소로
나를 맞아 주셨다. 거칠고 흙 묻은 엄마의 손일망정 내 뺨을 한 번
쓰다듬는 순간, 모든 설움이 눈 녹듯 사라지곤 했다. 하지만 그 잿
빛 헛헛한 기억은 지금도 이따금씩 보리까끄라기보다 더 따가운 성
가심으로 나를 찔러대곤 한다.

안개를 헤집으며 어릴 적 아픔을 마치 지금 다시 겪는 것처럼 느
끼면서 타박타박 걷고 있는데 어디에선지 개구리 울음소리가 요란
스럽게 들린다. 시골의 무논이나 실개천에서 평화롭게 들리던 그
소리가 아니다. 다급한 일이 발생했을 때 숨 가쁘게 울려대는 비상
벨 같다. 경보음의 발원지는 창포 잎이 드문드문 나 있는 산 속 저
수지였다. 내 발자국 소리에 놀랐는지 개구리들은 갑자기 조용해졌
다. 서너 발자국 뒤로 물러나서 나무 뒤에 몸을 숨기고 저수지 안을
살펴보니, 떡개구리 한 마리가 물 위로 배를 허옇게 드러내놓고 버
둥거린다. 배우자와 새끼 개구리인지 예닐곱 마리가 달려들어 그
개구리를 부축이나 하는 듯이 애를 쓰면서 다시 무질서하게 울어댄
다.

고향집 앞 신작로를 지나가던 꽃상여가 떠오른다. 개구리들도 그
상여꾼들처럼 생을 마감하려는 늙은 개구리를 받쳐 메고 어디로 가
려 하는가. 보리밥은 미끈거려서 싫고, 조밥은 깔끄러워서 먹기 싫
었던 어린 시절, 나는 꼬챙이처럼 말라서 부모님 속을 무던히도 태
워 드렸다. 환절기 감기에 걸려 고생하던 중, 바깥세상이 궁금하여
서 양지바른 툇마루에 쪼그리고 앉아 골골대고 있을 때였다. 해토
되어 질퍽거리는 시골길에 돛단배 같은 꽃상여 하나가 나타났다.
나는 망자를 북망산천으로 인도하는 상여꾼과 상주들의 행렬이 보

이지 않을 때까지 바라보면서, 나도 언젠가는 겪게 될 이승과의 이별을 알기라도 하듯 슬픔을 삼켰다.

아스라이 사라진 줄 알았던 봄날의 기억들이 버렸던 미나리 단에서 새싹이 뾰족뾰족 나오듯 되살아나서 가슴을 먹먹하게 한다. 그러나 오늘 능선에서 본 두 가지 모습이 전혀 다른 세계가 아니었듯이, 내 어린 시절의 이른 봄에도 분명히 아림만이 있었던 것은 아니다. 개울의 허연 얼음장이 녹아갈 때 징검다리에 앉아 있으면, 송사리, 붕어들은 재빠른 움직임으로 봄이 가까이 와 있음을 알려 주었고, 쑥부쟁이는 누런 잔디 사이로 쏙쏙 올라와서 언덕배기를 푸릇푸릇 물들여가기도 했다. 그 봄날 은빛 버들강아지가 하루가 다르게 통통해지면 내 마음도 덩달아 살쪄 가곤 했었다.

모든 게 마음 한 자락 차이라는 것을 이제야 어렴풋이 알 것 같다. 한 줄기 바람이 다시 불어와서 자우룩한 안개 무리를 데려가고 나면, 내 마음 속에도 봄의 정령精靈들이 희망을 속삭거리는 모습으로 가득 차게 될 것이다. 나는 그와 같은 봄의 정경을 그리며 안개 산 속 길을 걸어 내려왔다.

안동 식혜를 먹으며

지난 두어 달 동안 나는 모처럼 따뜻한 기운에 감싸인 채 벙글거리는 일이 잦았다. 남들이 들으면 어이없어 할 것 같고, 나도 이해가 잘 되지는 않지만 그래도 어쩌랴. 감미로운 바람을 만난 듯 심호흡이 절로 나오고 어느새 입가에는 미소가 얹혀 있는 것을.

이토록 내가 즐거울 수 있었던 것은 음식 하나 때문이다. 바로 안동 식혜 말이다. 이 음식은 식혜라고 부르기는 하지만 일반 식혜와는 만드는 방법이나 재료가 매우 다르다. 감주라고도 하는 일반 식혜는 고두밥을 엿기름물로 당화해서 밥알이 동동 떠오르면 팔팔 끓여서 완성한다. 그러나 안동 식혜는 당화 과정은 같지만 끓이지 않고 무와 생강즙, 고춧가루 거른 물을 섞어서 만든다. 상온에서 3, 4일 발효시켜서 겨울철에 즐겨 먹던 기호식품이다.

매움하면서도 시원한 맛, 사각사각 씹히는 무와 입안에서 주저앉는 식혜 밥알은 중독성이 있을 정도로 감칠맛이 있다. 이런 기막힌 맛에도 불구하고 처음 보는 사람들은 선뜻 손이 가지 않는 음식이기도 하다. 나박김치에 웬 밥을 섞었냐고 모양새에 시큰둥해하지만, 일단 한 번 먹어본 사람들은 얼큰하면서도 청량감이 맴도는 그 맛에 매료되고 만다. 유산균이 살아 있어서 건강식품으로도 그만이다.

비록 고향을 떠나 서울에서 살고 있지만 고맙게도 1년에 한 번은 안동 식혜 맛을 볼 수가 있었다. 설날 큰댁에 가면 친정이 동향인 큰형님께서 커다란 들통에 한가득 담가놓으신다. 이제 시댁 식구들도 안동 식혜에 입맛이 길들여져 하얀 식혜보다 더 좋아한다. 과식을 해도 이것 한 그릇이면 시원하게 소화가 되니, 그 마력을 알아서일 게다. 내가 큰댁에 가서 유일하게 욕심 부려 챙겨오는 것도 안동 식혜이다. 큰형님은 그런 나를 알고 으레 듬뿍 담아주신다. 그러면 나는 또 고향을 통째 담아들고 행복에 젖어서 돌아오곤 한다.

이렇게 좋은 음식이어도 만드는 절차가 꽤나 복잡해서 숙련된 기술이 필요하다. 엿기름의 농도와 삭힐 때의 온도가 중요하다. 그런데 그게 쉽지가 않아서 나는 두 번이나 실패한 경험이 있다. 한 번은 온도를 너무 높였는지 숨만 죽어야 할 무가 푹 익어버렸다. 또 한 번은 엿기름 농도가 너무 엷었는지 밥알이 삭지 않아 미끈거려서 먹지 못했다. 설명을 듣고 시키는 대로 했는데 성공하지 못해서 이제는 다시 시도해 볼 엄두도 못 내고 있다.

이렇게 까다로운 식혜를 원 없이 먹을 수 있는 기회가 생겼다. 죽마고우인 숙희 생일 날 방문했는데 친정언니가 보내주신 거라며 식혜를 내놓는 것이 아닌가. 입 안이 얼얼할 정도로 맵기는 했지만 제대로 된 안동 식혜 맛이다. 맛나게 먹는 내 모습이 좋았던지 그 친구, 마침 임자 만났다면서 큰 통째 내게 안긴다. 너무 매워서 먹지도 어쩌지도 못하고 있었던 참이라나. 무거워서 이쪽저쪽 바꿔 들며 가져와 식구들에게 내놓으니 한 숟갈 먹어보고는 다들 호호 매워서 어쩔 줄을 모른다.

평소에는 애써 차려 놓은 음식을 잘 먹어주지 않으면 서운했으나,

이번만큼은 상황이 다르다. 속으로 쾌재를 부른다.

'오호라 잘됐다. 나 혼자 먹게 됐으니 오지다 오져.'

하루 일과를 끝내고 나면 빙그레 입이 벌어진다. 식혜 한 사발을 여유롭게 먹을 수 있는 시간이기 때문이다. 덜 매우라고 사과, 배, 땅콩을 듬뿍 넣어주고는 물끄러미 쳐다보고 있는 남편, 그 매운 걸 잘도 먹는다며 무척 재미있어 한다. 요즘 젊은이들이 혹여 이런 기분 때문에 아찔한 번지점프 같은 걸 하는 것은 아닐까. 매운맛에 오늘 하루 쌓인 스트레스를 다 날려 보냈는지, 장난스럽게 확인하는 친구의 목소리가 까만 밤하늘의 별들처럼 반짝거린다.

어린 시절 겨울철에, 특히 설에는 어김없이 식혜를 만들었지. 새빨간 식혜를 제법 큰 항아리에 담가서 고향집 부엌 한 구석에 놓아두었다. 긴긴 겨울밤에 식구들이 둘러앉아 얼음이 살짝 낀 식혜를 먹느라, 몸은 덜덜 떨면서도 입안은 화끈거려서 후후 했었지. 그때 내가 내키지 않는 식혜를 물만 몇 번 떠먹고 남기면, 아버지께서 다 드시곤 했었다. 꺼칠한 수염에 식혜 물을 묻히시면서. 나는 그저 맵기만 한 걸 뭐가 그리 맛있다고 크크 소리까지 내며 드시는지 의아스러웠다. 어릴 때는 그 매운 것을 먹지 못해서 식혜를 별로 좋아하지 않았었는데, 싫어하면서 속정이 들었는지 이제는 무척이나 친근한 음식이 되었다. 지금 내가 그 식혜에 푹 빠져 있다니 참 알지 못할 일이다.

식혜를 다 먹어갈 즈음, 친구가 막무가내로 자기 집에 오란다. 이런, 내 생일상을 차려놓은 것이다. 내가 좋아하는 쑥버무리, 풋고추 찜도 해 놓고 청국장도 끓여 놓았다. 푸짐한 시골밥상에 정감이 넘친다. 여기에 안동 식혜가 또 나왔다. 내 생일 때 주려고 직접 만든 것이란다. 새벽잠이 없는 친구가 어둑새벽에 나를 생각하며 만들었는데 맛이 어떠냐고 조심스레 묻는다. 평소 친구 솜씨답지 않게 식혜 속 무채가 곱고 일정하다. 정성이 과분해서 고맙다는 말조차 얼른 나오지 않았다.

지난번만큼 큰 통에 담아 준 식혜를 들고 올 때, 옛일들이 창밖으로 휙휙 지나가는 가로수처럼 삐죽삐죽 떠올랐다가 사라진다. 내가 막내를 낳고 산후조리가 얼추 끝나갈 즈음이었다. 숙희가 보낸 상자 하나가 집으로 배달되었다. 그 상자 안에는 찬바람 쏘이지 말고 끝까지 산후조리를 잘 하라는 편지와 함께, 한 달은 먹어도 될 정도로 많은 반찬이 봉지봉지 담겨 있었다. 갈아입을 속옷도 여러 벌 넣어서 말이다. 나보다 일 년 먼저 낳은 아들을 업고 고생했을 친구를 생각하며 메었던 목이 오늘 또다시 멘다. 그 후 얼마 안 있어 내게 벅찬 시련이 닥쳤을 때도 가장 가까이에서 내 손을 꼭 잡고 함께 울어주었던 친구이다.

안동 식혜 한 그릇에 부모 형제가, 그리고 고향과 친구들이 담겨 있다. 세월이 흘러, 매운 식혜를 싫어했던 그 아이가 중년고개를 넘어서며 옛 맛에 취해 있다. 그간 타향살이에서 쌓인 설움을 하소연이라도 하듯, 오늘도 어리광 섞인 마음으로 매운 식혜 한 사발과 마주하고 앉는다.

박헌렬

朴憲烈

hyunryul@cau.ac.kr

중앙대학교 공대 화학신소재공학부 교수/공학박사 (02)820-5270
서울대학교 화학공학과 졸업, 프랑스 빠리6대학교 공학박사
순수수필작가회 회원, 이음새 에세이 문학회 회원
힐텍·힐빙문화연구소 소장
세계평화협력재단 이사
힐텍포럼 대표

아소阿蘇 오악이로구나

쿠마모토현 기쿠치[菊池] 계곡에서 출발해 화산지대인 아소로 향한다. 일행 43명이 아침 8시 인천공항을 출발, 후쿠오카 국제공항에 도착해 아소의 여름 대자연을 체험하기 위한 큐슈에서의 여정이다. 버스는 20여 분을 달려 화산가스 냄새가 진동하는 아소阿蘇지역에 다다른다. 꼬불꼬불한 고원 산길로 접어들어, 전망이 좋다는 다이칸보우[大觀峯]에 이르니 분지盆地가 아래에 펼쳐지며 한 눈에 다 들어온다. 아, 바로 이게 아소 오악이로구나! 말로만 듣던 칼데라caldera 지형이 아닌가.

아소에서 30만 년 전에 화산이 대폭발했다. 그 당시 다량의 마그마가 일시에 분출해 산 전체가 묻혀서 전형적인 함몰칼데라가 생겨났다. 분출 초기에는 물로 가득한 호수였으나 대략 20만 년 전쯤에 남쪽의 산 일부가 허물어지며 물이 빠져 지금과 같은 지형으로 되었다.

아소는 고악高岳, 중악中岳, 에보시다케[烏帽子岳] 등 오악五岳으로 이루어져 있다. 동서로는 17km, 남북으로 25km이고 주위를 둘러싸고 있는 외륜산外輪山은 자그마치 128km나 되어 세계적으로 웅장한 규모를 자랑한다. 올해 초 아사히신문이 선정한 일본 100선 마을에

뽑힐 정도로 대자연의 아름다움을 뽐내는 곳이다. 북측의 소람산小嵐山에서 오악을 바라보노라면 마치 여성이 나체로 누워있는 듯한 형상을 발견하게 된단다. 그게 보이느냐고 가이드는 퀴즈 문제로 던진다. 그런데 언뜻 보아 그걸 판별하기가 쉽지 않다. 궁금증을 잔뜩 가지고 이래저래 유심히 관찰하니 여성의 얼굴, 가슴, 다리 형상이 겨우 눈에 잡히는 듯하다. '아, 바로 저것이로구나!' 이를 제대로 볼 줄 아는 여행객의 아소 여행은 200% 성공이라고 뜸을 잔뜩 들인 후에 알려준다. 또 유황을 내뿜는 아소 정상이 어디 있는지 식별할 줄 알면 300% 성공이라나.

칼데라에 길다랗게 펼쳐놓은 듯한 구름과 안개, 푸른 하늘로 내뿜는 화산연기하며 소나 말이 노니는 초원, 벼이삭의 물결이 파도치는 논의 경관 모두가 어우러져 정말로 가경이다. 게다가 깊은 계곡에서 흘러나오는 맑은 물과 오악의 자연이 혼연일체가 되어 원시의 신비를 간직하고 있는 곳이 바로 아소시다. 이 지역 논은 원래 여기에 없던 자연이다. 화산지대인 아소는 본래 토질이 산성이라 벼농사는 하지 못하던 곳이다. 그런데 이곳에 유명한 쌀 연구소가 있다. 여기서 농사를 지을 순 없을까 하고 이런저런 궁리를 많이 해오다 1990년경 키토산 찌꺼기를 뿌려봤다. 그런데 웬일인가. 벼가 자랐다. 토질이 산성에서 알칼리성으로 바뀐 까닭에 벼농사가 가능해진 것이다.

고원 길에서 내려와 아소시에 도착한다. 일행은 아소호텔 2번관에 여장을 풀고 너른 다다미방에서 일본식 저녁을 먹었다. "야하리 오이시이", 역시 맛있다고들 한마디씩 한다. 옆 자리의 다른 단체는 참 부지런하기도 하다. 벌써 유카다(여름철 온천 후 입는 옷)를 입고 내려와 식사하는 모습이 딱 일본인 그대로다. 반찬 그릇에는 노란무 장아찌, 깻잎 장아찌, 조그마한 생선조각 등 서너 가지가 그야말로 두세 점 밖에 놓이지 않은 전형적인 일본식이다. 그래도 미소시루(일본 된장국)에 몇 가닥의 미역을 넣은 성의는 보여 고마웠다.

석식 후 아소의 밤 시가지 풍경에 호기심이 생기고 좀이 쑤셔 밖으로 나갔다. 일행 중에는 게다에 유카타를 걸치고 길을 활보하는 이들도 보인다. 우리 부부는 평상복으로 외출했다. 시가지에는 정골整骨접골원, 문방구, 음식점, 이자까야(일본식 선술집), 부동산 소개소 등이 있는 조그만 마을이다. 또 다른 길로 접어드니 '갈러리'라는 옥호가 눈에 띈다. 궁금증이 발동해 안으로 들어갔다. 턱수염에 바싹 마른 큰 키의 남자분이 미소를 지으며 반갑게 맞이한다. 늦은 시간이라 손님이라곤 우리뿐이다. 아소 오악 풍경을 계절에 따라 찍은 사진 작품과 나무로 만든 다양한 모양의 민예품들이 진열되어 있다. 알고 보니 주인은 사진작가로 활동하며 가게를 운영하고 있다. 그의 사진 작품에 대해 얘기를 나누다 미안한 생각이 들어 케이크 한 조각과 오렌지 쥬스 한 잔을 주문해 들면서 함께 담소를 이어갔다. 그는 아소의 자연을 무척 사랑하는 예술가여서 자연을 잘 이해하고 보전해야 한다는 뜻을 얼굴 표정만으로도 느낄 수 있었다. 함께 즐겁고 호기심어린 대화를 나눈 좋은 기회였다. 이런 만남이 여행에서 얻게 되는 의외의 즐거움 아니겠는가.

다음날 아침 일찍 호텔 창문을 열자 오악의 맑은 공기가 방안을 가득 채운다. 창밖을 보니 논, 밭 딸린 기와집이 옹기종기 모여 있는 마을들이 다가들었다. 그 너머로 선명한 연녹색의 양탄자로 깔린 논 풍경이 전개되고 그 위로는 신록의 오악이 펼쳐진다. 그리고 산에 기대어 떠나기 싫은 양 머물고 있는 안개구름 등 이들 풍경이 한데 어울려 나그네 마음도 평온하다. 정말 매력적인 풍광이다.

1층에 있는 우찌노마키[內牧]온천으로 내려갔다. 연로한 두세 분이 벌써 온천물에 몸을 담그고 있다. 나는 실내 온천 바로 옆 유리문을 열고 댓 명이 몸을 담글만한 노천온천으로 나갔다. 파아란 하늘과 주위의 몇 그루 나무에 감싸인다. 이렇게 오악의 공기를 마시며 노천온천을 즐기는 맛이라니. 대자연에 노출된 온천이라서인지 기분마저 저절로 맑아진다. 아마 이런 풍류를 즐기러 노천온천을 많이 찾나 보다.

온천 후 휴게실로 나오니 일행분인 한국 할아버지와 일본 할아버지가 다정스럽게 얘길 나누고 있다. 일본 노인이 여기에 왜 오셨는지 궁금증이 생겨 옆에 슬쩍 앉았다. 한국 분이 일본 노인에게 연세를 여쭈니 81세란다. 그에게 혼자 오셨느냐고 여쭈니 씨~익 웃고는 손가락으로 표시하며 할머니랑 오셨다고 한다. 그는 오사카에 사는데 여기로 온천 여행을 즐기러 오셨단다. 일본 노인들이 온천을 찾으며 자연환경을 즐기는 사회여건을 보니 무척 부럽다. 바로 여기에 일본 노인복지 사회의 한 단면이 담겨 있는 듯하다.

아침 식사 전에 아소의 마을을 둘러싼 자연을 구경하러 밖으로 나선다. 오악에서 발원해 흐르는 서악천西岳川 위에 놓인 다리를 건넌다. 왼편에 전형적인 일본식 정원이 딸린 기와집을 지나 옆길로 이어진 곳에 우찌노마키 소학교가 보이고 운동장 담에 붙어있는 글씨가 눈에 띈다. '얼굴에 웃음이 가득 넘치는 우리들 학교, 우리들의 마을'이라는 6년생 이름으로 쓴 표어다. 표어를 보니 이곳에서 사는 사람들은 자연의 축복 속에서 절로 웃음이 나오리라.

　식사 후 버스 편으로 다시 여행길에 올랐다. 푸른 고원에 한가로이 누워 있는 소들과 풀을 뜯어 먹고 있는 무리를 보노라니 참으로 평화스런 목가적 풍경이 내 마음속에 자리잡는다. 특이한 색깔의 소 무리도 저기 보인다. 이곳 토종인 빨간 소란다. 산에는 하늘로 향해 쭈~욱쭈욱 뻗어 오른 수목들로 울창하다. 주로 삼나무와 편백나무로 이루어져 있었다. 일본 산에 가장 많은 쑤기[杉木]라는 삼나무는 신목이라 불리는데 환경적응성이 좋고 생장도 잘 되며 재목이 아름다워 경제가치가 높다고 한다.

　한 시간 쯤 달리니 쿠사센리[草千里] 휴게소에 도착한다. 이곳에는 아소 화산박물관이 있고 넓은 초원지대에서 승마를 즐길 수 있어 관광객을 유혹한다. 평원 저편에 물이 고인 호수가 둘 보이는데 옛날 화구자리란다. 왼쪽 저 멀리 첩첩이 싸인 산속에는 우윳빛 화산가스가 안개구름처럼 모락모락 올라가고 있다. 언뜻 보아선 안개구름과 쉬 구별이 가지 않는다. 바로 저곳이 중악 화산구란다. 버스는 휴게소를 떠나 고원길로 다시 접어들고 어느덧 칼데라의 오악을 지나 벳푸로 향하고 있었다.

횡성 산채마을

2008년 5월 초순에 안흥 찐빵과 산나물, 한우로 유명한 횡성으로 생태체험 여행을 떠났다. 일행은 차편을 제공한 출판사 고 대표, 작곡가인 이 교수, 자연 치유사인 양 선생, 허브 전문가 조 선생이 함께하였다. 도심의 찌든 공해에서 벗어나 영동고속도로를 따라 시원하게 달리는데 따뜻한 햇살과 부드러운 바람결은 우리 살결을 어루만지며 기분을 어찌나 상쾌하게 해 주던지. 길가에는 애기똥풀이 눈에 띄고 지천으로 피어있는 야생화가 한데 어울려 우리 눈을 즐겁게 해준다. 문막 휴게소에서 차 한잔을 하러 내린다. 휴게소 한쪽 편으로 발길을 옮기니 나뭇잎이 7개 달린 마로니에가 서있다. 뜻밖이었다. 대학 다닐 때 동숭동 서울대 옛터에서 산책하며 마주친 이후 정말 오랜만이었다.

1970년대 프랑스 파리 유학시절, 주말마다 나는 아내와 함께 콩꼬르드 광장에서 개선문까지의 샹제리제 거리를 자주 거닐었다. 거기에는 연중 내내 쁘띠 팔레와 그랑 팔레를 비롯한 많은 갤러리에서 전시가 열릴 뿐 아니라 거리 양쪽에 파리시의 발전사를 보여주는 개성적인 건축물들과 함께 우람한 마로니에가 두 줄로 늘어서서 이방인의 마음을 사로잡았다. 그곳 마로니에를 둘러싸고 젊은 시절,

지구촌 곳곳에서 온 다양한 인종들과 함께 대화하고 소통하며 겪은 잊지 못할 추억들이 내 마음속에 아직도 남아 있다.

이제 발길을 옆으로 향하니 꽃밭에는 노랑 펜지와 함께 흰색, 보랏빛 그리고 붉은 색의 페추니아가 제각기 아름다운 모습을 뽐내고 있다. 꽃밭을 물끄러미 쳐다보고 있노라니 색상이 좀 다른 게 눈에 띈다. 붉은 색과 하양, 보라색 등 두세 가지 색상을 함께 지닌 페추니아다. 이런 특이한 종자를 개발한 분이 우장춘 박사라니 새삼 놀랍다. 나는 일본 큐슈를 여행할 때 식물 육종학의 선구자 우장춘 박사께서 일본에서도 그 업적으로 유명하다는 말을 듣고 놀라워하던 일이 생각났다. 그는 일찍이 구한말에 일본으로 건너간 선친의 교훈으로, 광복 후 귀국해서 조국에 이바지하였다. 우 박사 서거 50주년이기도 한 올해, 한미 FTA 협정의 국회통과를 앞두고 우리에게 그의 업적은 새삼 돋보인다. 그 분이 나라와 겨레를 얼마나 사랑했는가를 헤아려 보니 저절로 고개가 숙여진다.

들판에는 모내기할 철인데도 메마른 논 전경이 들어온다. 비가 충분히 와야 농부들이 시름을 덜 것이라며 꽃밭 주변의 야생화를 쳐다보고 있던 고 대표가 말했다. 일행은 횡성 톨게이트를 빠져나와 섬강 줄기에 자리잡은 횡성댐으로 향했다. 마침 길가에 줄 맞추어 서있는 벚꽃나무가 만개해 불그스레 물든 꽃비를 흩날리며 일행을 반갑게 맞이한다. 보통 벚꽃과는 그 색상과 모양이 뭔가 달라 보여 안내하는 권과장에게 물어본다. '산벚'(산벚꽃)이란다. 산벚은 그곳에서 야성미를 풍기고 있었다. 댐 광장 중앙에는 하늘로 비상하며 내 천川자 형상의 철제 조각 작품이, 옆에서 흐르는 섬강 물소리와 주위의 산세 그리고 신록의 자연과 대조를 이루며 대도시에서 지친 우리 시선을 사로잡는다.

점심때가 되어 둔내면 태기산 자락에 자리잡은 '산채마을'로 향했다. 어린이들이 가족과 산촌생태체험을 하러 자주 찾아오는 곳이다. 횡성군청 권과장이 외부 손님을 색다르게 대접하고 싶어서 산 음식을 먹으러 이곳으로 안내했다. 산골밥상에는 소문대로 이곳에서 직접 채취한 곤드레나물, 취나물, 참나물, 곰취, 더덕, 고사리, 다래순 등의 산나물이 올라오고 태기산 된장에 담근 고추 장아찌, 곰취 장아찌, 브로커리 장아찌, 깻잎 장아찌 등이 선보였다. 이 마을에서 먹은 산채 비빔밥은 도시에서 먹던 것과는 사뭇 달라 독특한 냄새와 쌉싸래한 맛으로 일행을 즐겁게 해주었다. 푸른 산들로 첩첩이 둘러싸여 맑은 계곡 물이 풍부한 이곳의 산채는 맛뿐이 아니라 그 영양소가 몸에 아주 유익하리라. 늘 이런 음식만 먹고 산다면 건강하게 장수할텐데…

20세기 우리가 향유해온 과학기술 문명생활의 부작용은 화학적으로 오염된 자연산물을 소출하기도 했다. 우리가 그런 산물을 섭취하게 되면 체내에 축적되어 언젠가 불치의 심한 질병을 일으키게 된다. 그러나 이런 청정한 산촌에서 소출되는 건강·치유 기능성 산물을 섭취하면 많은 질병을 미리 예방해 줄 것이다. 해서 국민건강보험 재정적자를 해소하는 데에도 크게 기여하게 되리라.

이곳은 40여 채가 옹기종기 모여 사는 산골 마을이라 생태체험하기가 제격이다. 더덕 캐기, 감자 캐기, 곤드레 밥짓기, 올챙이국수 만들기 등 다양한 프로그램으로 손님을 맞이한다. 올챙이국수! 몇 년 전에 정선군 방문시 처음으로 그 이름을 들었을 때 호기심이 무척 일었던 기억이 떠오른다. 올챙이국수는 옥수수를 물과 함께 갈아, 보자기에 싸서 옥수수 전분만 걸러낸다. 이 전분을 냄비에 넣어 먼저 센 불로 가열한 후, 차차 약한 불로 데우면서 뜸을 들인다고 한다. 그러면 전분 농도가 죽 형태로 되고 이것을 국수틀에 넣고서 빠져나오는 국수를 바로 찬물에 담근다. 빠져나오는 모양이 마치 올챙이 같다고 해서 올챙이국수라고 부르는데 그 과정이 재밌고 신기해서 특히 아이들에게 인기가 많다고 한다.

이곳 산채마을은 자연 체험프로그램은 물론, 식당과 숙소를 함께 운영하는 공동체다. 운영초기에 참여하는 주민인 아줌마들의 서비스 수준 때문에 고충이 많았단다. 아줌마들이 찾아오는 손님을 처음 맞이할 때 얼굴만 빤히 쳐다볼 뿐 인사를 하지 않았다. 그래서 김학석 이장은 "감사합니다."란 말을 자주 하길 권유해도 도대체 바뀌지 않더란다. 이 지역 아줌마들의 오래된 습성은 손님을 맞이하는 서비스 산업에서는 낭패였다며 당시의 상황을 얘기한다. 그들은 원래 농사만 짓던 사람들이기 때문이었다. 이후에 그들에게 농사일보다 수당을 더 올려주고 식사 제공에 따른 수익의 반을 배당했다. 그랬더니 마을 사람들 간의 갈등과 불만 요소들이 하나씩 해소되고 한마음으로 화합되어 결국 공동체 전체 수입이 더욱 많아지더란다.

마을 일대를 구경하고 날이 어둡기 전에 상경을 서둘렀다. 서울이 가까워지니 길 저편에, 신록으로 가득한 산등성 아래로 석양이 지려는 순간이다. 오늘 여정을 떠올리며 아름다운 추억의 상념에 잠겨본다. 멀리 지평선 위로 주홍이랑 보랏빛과 갈색으로 물든 저녁노을의 풍치가 모처럼 내 영혼을 편안하고 기쁘게 해준다. 태기산에 둘러싸인 산채마을에도 지금쯤 해가 지고 어둠이 찾아오리라. 아름답고 청정한 자연 풍광 속에 사는 그곳 사람들이 더욱 화합하고 잘 사는 행복한 공동체가 되길 염원해 본다.

김해응

jiohe@hanmail.net

문학박사
순수문학 「서른 즈음에」로 등단
현재 중국인민대학교 중어중문학과 교수

이름에 관한 에피소드

"교수님, 제 이름 좀 고쳐주세요 ! "

이는 몇 년 전 북경 모 대학 한국어학과 외래교수로 강의를 나갔을 때 학생들에게 자주 듣던 요청이다.

그 날도 두 달 후 한국에 교환학생으로 곧 가게 될 여학생이 울상이 되어 "교수님, 제 이름 듣기 좋고 예쁜 한국이름으로 고쳐 주세요. 원래 중국이름을 한국어로 번역하면 너무 이상해요. 여자 이름 같지도 않구요." 라고 한다.

예쁘장한 그 여학생의 이름은 장근張瑾이었다. 장근 학생 말로는 얼마 전에 '장군'이라는 단어를 배우게 된 후로 왠지 자기 이름이 맘에 안 든다는 것이다. 그래서 '瑾'자를 다른 예쁜 발음으로 번역하여 한국에 가서는 그 이름을 쓰겠다는 것이다. 중국이름을 한국어로 번역할 때는 그 한자에 해당하는 한글 발음으로 번역하는 것인데 한국어를 처음 배우는 학생들이다 보니 그것을 잘 모르는 모양이다. 설령 내가 맘대로 고쳐준다고 해도 한국에 가서 유학할 때 출입국 서류나 학교 출석부에 여전히 그 한자에 해당하는 발음으로 그 학생 이름을 기재하거나 부를 텐데 말이다.

마침 그때 중국에서는 '대장금'이란 드라마가 매우 인기가 있었기 때문에 장근이라는 학생에게는 ‘장근’이 ‘장군’보다는 ‘장금’이랑 비슷한 발음이니 한국말로 들었을 때 예쁜 느낌이라는 말로 설득해서 돌려보냈다.

수업시간에도 역시 재미있는 일들이 많았다.

“여러분, 경비가 무슨 뜻이죠?” 애들이 갑자기 일제히 한 여학생을 가리킨다. 그 여학생은 오락부장으로 있는 耿菲경비라는 이름을 가진 학생이다. 그는 얼굴이 홍당무가 되어서 다른 애들에게 주먹을 휘두르는 시늉을 한다.

“여러분, 아래 두 구절에서 ‘조정’이란 단어는 한글 표기는 같지만 뜻은 다른 단어입니다. ‘공부시간을 조정調整하다’, ‘조정朝廷 공론 사흘 못 간다.’ 이럴 때면 워낙 내성적인 曹廷조정학생은 그냥 우울해서 머리만 푹 숙이고 있다.

한 번은 시청각 시간에 한국 재래시장의 장터 모습을 동영상으로 보게 되었다. “마른 오징어 두 마리에 오천(원), 오천에 가져가요!” 이럴 때면 몸매가 워낙 마른데다 키까지 작은 吳茜(오천)학생은 거의 울상이 되어있다. 그런 모습을 보면 학생들은 더 재미있다고 박수까지 쳐가면서 웃는다.

또 한 번은 의성어를 배울 때이다.

“자 여러분, 그럼 우리 동물들의 울음소리를 한번 한국어로 써 볼까요?”

“고양이는?” “야옹~”

“소는?” “음~메”

“그렇다면 개는 어떻게 짖죠?” “멍멍!” “하하하!” 학생들은 한바탕 웃음을 터뜨렸다. 나는 그만 그 반에 彭蒙蒙펑몽몽이란 여학생이 있다는 것을 깜빡 했었다. 그 학생의 이름은 중국발음으로 펑 명멍peng mengmeng이었으니 ! 나 역시 나오는 웃음을 가까스로 참았다.

한국드라마 '내 이름은 김삼순'에서 주인공 삼순이처럼 이름 때문에 스트레스를 받는 학생이 실제로 한두 명이 아니다. 수업시간이 끝나고 이 학생들이 나한테 와서 부모님이 왜 이런 이름을 지어주셨는지 모르겠다고 원망하는 것을 들으니 웃음이 절로 나왔다. 그들의 부모님들은 모두 한글을 모르는 중국인이고 그들 또한 자녀가 커서 한국어학과에 갈 것을 어떻게 알았으랴. 나름대로 예쁜 이름을 짓느라 여기저기 작명소도 찾고 밤새 머리를 맞대고 사전을 뒤지면서 꽤나 고생하셨을 텐데.

하긴 나 역시 아빠가 첫 애로 딸을 낳자 딸이지만 강하게 크라고 '바다 海', '매 鷹 자를 쓰는 '해응海鷹'이란 남자이름을 지어준 덕분에 한국국제학술대회 때 어떤 남자 교수와 한 방 배정을 받아 다시 조절하는, 웃지도 울지도 못하는 해프닝이 벌어진 적도 있었다.

요즘 북경에는 개성 있는 부모들이 지은 '고산유수高山流水'와 같은 사자성어 외에도 "李A", "趙B" 등 영문 알파벳을 이용한 이름도 심심찮게 등장하고 있다. 특히 2008년 올림픽을 맞이하여 태어난 어린이들 중 "奧运"(올림픽의 중국어 표기) 혹은 올림픽 마스코트의 이름을 따서 지은 애들만 수백 명이라고 들었다. 같은 반에 똑같은 이름의 애들이 여러 명 있을 때의 불편함을 생각하면 부모들의 이러한 개성 있는 작명법이 별로 좋아 보이지만은 않는다. "방국봉"이라는 이름 때문에 "방구뽕"이라고 놀림 받아 학교를 그만 둔 학생도 있다는 유머가 왠지 웃고 지나갈 일만은 아닌 것 같다. 요즘 중

학생들 사이에 별명으로 인한 다툼이 학교폭력으로 이어진다는 이
야기도 심심찮게 들리고 있지 않은가. 이름이라는 것이 사소한 것
같지만 어떤 사람에게는 결코 사소한 것이 아니기 때문이다.

  "호랑이는 죽어서 가죽을 남기고 사람은 죽어서 이름을 남긴다."
는 말도 있듯이 결국은 하나의 인격체를 대표하는 이름 석자가 한
사람의 생애에 미치는 영향은 작지 않다. 이름으로 고민하는 학생
들을 보면서 나도 모르게 사명감을 느끼게 된다. 나 역시 아이가 생
기면 이름 때문에 파생될 모든 상황을 잘 감안하여 최대한 국제화
시대에 맞춰 듣기 좋고 예쁜 이름으로 골라야겠다는 생각을 했다.

추억의 기차여행

작년 한국에서 열리는 국제학술대회에 참석하러 간 적이 있다. 회의를 마치고 마침 대구에 볼 일이 있어 오랜만에 기차를 이용하기로 했다. 서울에서 대구로 가는 쾌적한 KTX에 편안히 앉아 언뜻 언뜻 스쳐 지나가는 풍경들을 보니 15년 전 고향 중국에서의 기차여행이 문득 생각난다.

때는 여우도 추워서 눈물을 흘린다는 엄동설한이었다. 엄마와 나, 남동생 우리 세 식구는 대련시에 있는 이모댁에서 설을 쇠려고 밤기차를 탔다. 중국 기차는 3등급으로 나뉘는데 푹신한 침대로 된 4인실, 딱딱한 침대로 된 반 오픈된 6인용 침대칸, 앉아서 가는 딱딱한 의자로 된 3등석이 있다. 그 당시 아빠를 일찍 여의고 엄마 한 사람의 월급으로 살았었기에 살림이 넉넉지 못했던 우리는 16시간이란 긴 여정이었지만 침대칸의 사치를 누릴 수가 없었다. 3등석을 사면 그 돈으로 왕복할 수 있었으니까.

90년대 초반 영하 30도를 웃도는 중국 동북의 느린 밤기차를 타 본 사람은 얼마나 춥고 지루하고 힘든지 알 것이다. 그날 따라 난방시설도 고장이 났는지 차 안 전체가 꽁꽁 얼어 하얀 입김이 훌훌 나온다. "덜커덩~덜커덩~" "삐거덕~삐거덕~" 그나마 사람이라도 많이 타면 온기가 있어 좀 덜 춥겠지만 설 바로 전날이어서 기차는 거의 텅텅 비었다. 평소 같으면 인구대국인 중국답게 사람들이 콩나물처럼 빼곡히 서있다 못해 좌석 밑과 선반까지 정어리 통조림처럼 차곡차곡 쌓여있을 정도였을 텐데 오늘은 우리 칸도 큼직한 솜 외투를 뒤집어쓰고 웅크린 두 남자승객까지 합쳐서 모두 다섯 뿐이다.

한밤중이 되자 싸늘한 추위가 엄습해오기 시작했다. 새벽녘은 최악의 시점이다. 졸려 죽겠는데 추위 때문에 너무 떨려 도저히 잠을 잘 수가 없었다. 우리 세 식구는 조금의 온기라도 느낄 수 있도록 서로 꼭 붙들고 놓지 않았다. 그 중 추위를 가장 많이 타는 내가 중간에 앉고, 엄마와 동생이 양쪽에 앉아서 나를 감싸주었다. 엄마는 당신은 살이 많아서 전혀 춥지 않다고 하시면서 우리에게 코트를 벗어준다. 동생은 남자들은 열이 많아서 괜찮다면서 나한테 덮어준다. 나 또한 동생이 잠깐이라도 잠들면 살그머니 동생에게 덮어준다. 이렇게 우리는 밤새도록 서로에게 코트를 덮어주었다. 엄마는 나에게, 나는 남동생에게, 남동생은 다시 나에게, 나는 다시 엄마께.

너무 추워 입술은 퍼렇고, 온몸은 사시나무 떨듯 벌벌 떨렸다. 추위가 얼마나 매서운지 나중에는 울음이 터져 나오려고 했다. 울음을 가까스로 참느라 꼭 깨문 입술은 하얗게 질린다. 엄마는 연속 자책을 하셨다. "내가 너무 미안하다. 이렇게 추울 줄을 미처 몰랐구나. " 마치 침대표를 못 사는 형편이 엄마 탓인 것처럼…

정말 그 순간 나는 가난의 슬픔을 뼈저리게 느꼈다. 그 때의 그 설움을 지금도 잊을 수 없다. 그때 맘속으로 굳게 다졌었다. 우리 가족의 행복을 위해서라도 꼭 열심히 공부하겠다고 그때 아마 남동생도 나와 똑같은 생각을 했던 것 같다.

벌써 15년이 훌쩍 지났다. 지금 우리는 엄마께 언제나 비행기도 비즈니스석을 사드리고 기차도 1등급 침대석으로 사서 드린다. 게다가 몇 년 전부터는 중국에도 동차動車라고 하는 한국의 KTX처럼 빠르고 쾌적한 기차들이 웬만한 도시에 다 있어서 이제는 그 고생을 안 해도 된다.

그러나 아쉽게도 지금은 우리 세 식구가 같이 있을 시간이 없어졌다. 남동생은 국제도시 상해에서 꽤 큰 IT관련회사를 운영하고 있고, 나 역시 북경에서 교수로 재직 중이다 보니 서로 바빠서 함께 여행은커녕 얼굴 한 번 보기도 쉽지 않다. 엄마는 우리가 언제라도 불쑥 고향집에 찾아올 지 모른다는 생각에 고향집 열쇠를 복사하여 우리에게 주셨지만 비행기로 몇 시간, 기차로 23시간 가야 되는 먼 고향에 한 번 들리기도 쉽지 않다. 고작 일 년에 한 번 정도 엄마가 북경 우리 집에 들르셨다가 상해 아들네 집으로 다녀가시는 것이 유일하게 엄마 얼굴을 뵐 수 있는 시간이다.

지금 생각하면 그래도 힘들고 가난했던 그때가 그립다. 힘든 생활이었지만 늘 세 식구가 함께 고락을 겪으며 끈끈한 가족애를 느꼈으니 말이다. 슬프고도 아름다웠던 그 해 겨울의 기차여행은 항상 나에게 어려움을 극복할 수 있는 용기와 삶의 동기를 북돋아 주곤 한다.

올해는 무슨 일이 있어도 꼭 엄마를 모시고 동생네 가족과 함께 즐거운 설을 보내야겠다. 옛날 이야기도 하면서.

한경석

han4815@hanmail.net

중앙대 신문방송학과 졸업
중앙대 대학원 신문학과 석사 · 박사
동아일보 기자 · 차장 · 부장 역임.
현, 중앙대 신문방송학과 겸임교수
한국 신문기자 클럽 회장
이음새 에세이문학회 회원
순수문학으로 등단
대한민국 서예대전 문인화 초대작가

술 권하는 시대

내 체중은 현재 72kg이다. 그러나 누가 나의 체중이 얼마냐고 물어보면 곧잘 60kg이라고 말한다. 60kg은 내가 신문사에 들어갔을 때의 몸무게이다.

체중이 72kg이 된 것은 30여 년 전쯤의 일이다. 정확히 말해서 유신독재 시절 신문사에 처음 들어가 술을 먹기 시작한지 불과 1년 만에 이렇게 몸무게가 늘어난 것이다. 나는 대학교에 다닐 때만 해도 술을 조금밖에 마시지 못하는 요즈음 흔히 하는 말로 좀 약간 덜떨어진 인간이었다.

1970년대 중엽, 20대의 부푼 꿈을 안고 신문사에 들어갔을 때 내게 비치는 신문사의 모든 것이 새로웠다. 하는 일도 신기하고, 거기에다 모르는 사람들을 안다는 게 정말 재미있었다. 나는 거기에서 편집국의 직제라든지 공무국의 기계들을 정신없이 쳐다보며 익히기에 바빴다.

출근 첫날이었다. 같은 부에 근무하는 한 선배가 환영식을 한다며 내게 넌지시 물어봤다.

"한 기자, 입사한 것을 축하하네. 그런데 술 좀 할 줄 알아?"

나는 거기서 두고두고 후회할 대답을 하고 말았다.

"잘 마시지는 못하고 그냥 다른 사람만큼은 마셔요."

나는 다른 사람만큼 마신다는 말이 술을 많이 먹는다는 것을 의미한다는 것도 그때 처음 알았다. 그때부터 시작된 술은 내 인생을 바꾸어 놓았다. 신문사에 근무하는 기자들은 여기가 과연 언론사인지, 아니면 주당들이 모이는 주당 천국인지를 분간할 수 없도록 술을 마셔댔다.

아침에 출근하여 여러 신문사에서 배달되는 갖가지 신문들을 읽다보면 어느 새 정오正午. 점심을 먹으러 나가면 술은 이때부터 시작된다. 식당에 가면 우리들은 각자가 소주 한 병씩을 마시고 난 후 식사를 하기 십상이다. 그러니까 그 시절 동료들은 낮부터 취기가 오르게 되는 것이다. 그리고 난 뒤 점심시간 후의 한 시간 가량의 시에스터(점심 먹은 뒤에 자는 낮잠). 이땐 국장이고, 부장이고, 기자들이고 할 것 없이 모두가 책상위에 두 다리를 올려놓고 아주 평온하게 잠속으로 깊이 빠져든다.

그런 뒤 깨어나 오후 3시쯤 일을 시작하면 이때부터는 모두가 다른 사람처럼 되어 버린다. 내가 언제 술을 먹었었느냐는 듯 정신을 차려 일을 하는 것이다. 야누스처럼 변하는 사람들을 나는 이곳에서 봤다. 그러나 이때의 신문사는 거의 전쟁터나 다름이 없다. 한가지의 실수도 용납되지 않는다. 모두가 신경이 날카로워져 서로 말도 건네지 않고 일에 열중한다.

이렇게 해서 저녁에 신문이 발행되고 나면 그 때가 바로 술시(오후 7시에서 9시, 戌時). 술시란 술을 마시라고 있는 것 아니냐고 뇌까리면서 우리들은 또 소주집으로 향한다. 누가 어디로 가자고 말은 하지 않아도 한데 어울려 가다보면 그곳은 필경 어느 소주집 앞이다.

문득 현진건이 쓴 단편소설 <술 권하는 사회>가 생각난다. 동경 유학에서 돌아온 주인공은 우리나라 사람들이 정작 독립할 일을 외면하고 현실과 싸우는 것을 보고 개탄한다. 되지 못한 명예 싸움, 쓸데없는 지위 다툼질, 네가 옳으니 내가 그르니 하며 밤낮으로 서로 찢고 뜯고 하는 사회에 염증을 느끼고 만다.

그리고 그는 "이런 사회에서 무엇을 한단 말이오. 하려고 하는 놈이 어리석은 놈이야. 정신이 바로 박힌 놈은 피를 토하고 죽을 수밖에 없지."라고 한탄하며 매일 술을 마신다.

그러니 아내와 다툼이 왜 일어나지 않겠는가. 어느 날 아내와 한바탕 싸움이 벌어지는데 그는 "본 정신 가지고는 피를 토하고 죽든지 물에 빠져 죽든지 하지, 하루라도 살 수가 없단 말이야. 흉장이 막혀서 못산단 말이야."라고 하며 집을 튀쳐 나간다. 그러한 그를 보고 아내는 절망한 어조로 뇌까린다.

"이 몹쓸 사회가 왜 술을 권하는고!"

나는 일제시대 세상인심이 마냥 한심하게 돌아갔던 1920년대 초엽, 현진건의 단편소설 <술 권하는 사회>의 무대가 1970년대 중반의 현실과 비슷하다고 느꼈다. 일제 강점기인 그 때의 상황과 박정희 정권의 철권통치가 거의 비슷하게 가고 있었으니까. 특히 독재와 무소불위의 군사정권은 우리들을 자꾸만 술집으로 가게 만들었던 것이다. 뿐만 아니라 사회에서 일어나고 있는 각종 범죄와 사건 사고 소식, 계속되는 학생들의 시위도 그랬다.

우리는 그것을 사실대로 보도하지 못하고 가감시켜 매일 오보를 양산해 내는 그런 일만 하고 있었던 것이다. 그래서 동료들은 술을 마시고 또 권하며 울분을 털어 놓고, 못다 쓴 기사에 자괴감을 느끼며, 술을 들이킬 수밖에 없었던 것이다. 그러다 보면 처음엔 우리에게 처해진 시대상황이 술을 마시게 하지만, 그 다음엔 술이 술을 먹고, 나중에는 술이 시대상황까지 마시게 되는 엉뚱한 일이 발생하곤 했다.

그렇게 시작된 술은 2차까지 가야 마감되기 마련이었다. 그러나 우리는 3차 이상은 가지 않았다. 드디어 몸을 휘청거리며 집에 돌아오면 거의가 통행금지 시간인 밤 12시. 이렇게 한 달 쯤 지나자 매일 계속되던 마누라의 바가지 소리도 자장가로 들릴 정도였다.

그 시절 이런 술자리는 일 년 내내 빠짐없이 계속되었다. 그러니 몸이 어찌 배겨 내겠는가. 처음에는 몸이 부어올랐다. 술이 몸에 부대낀 것이다. 매일 그렇게 마셔 대니 결국 몸이 그 상황에 적응되어 부은 몸은 그대로 살이 되었다. 그렇게 몸무게를 늘리는 술타령은 계속되었다. 1년이 지나자 몸무게가 72kg으로 늘어나 오늘에 이른 것이다.

흔히들 신문기자는 모두가 술을 잘 마신다고 생각한다. 그러나 그것은 신문사 기자들이 술을 찾아다닌 게 아니라 그 당시의 시대상황이 그들을 그렇게 만든 것이다. 술을 마시지 않고 살아갈 수 없었던 그 때 그 시절, 그 때의 아픔을 어떻게 표현할 수 있을까.

몸과 마음이 즐거워 술 한 잔 마시는 날은 언제나 올까. 오늘도 쓸쓸한 소주잔을 입에 드리우며 그런 날이 오기를 기다려 본다.

이 아이를 어떻게 해야 하나요

13세기 신성로마제국의 황제였던 프레드리히 Ⅱ세는 지금 시대에는 상상하기조차 힘든 '엉뚱하고 기발한 실험'을 실시하였다. 그는 '인류 최초의 언어는 무엇일까? 히브리어 일까? 그리스어 일까? 라틴어 일까?'라는 발상을 한 뒤 그것을 찾아내기 위해 유아들을 상대로 생체실험을 시작한 것이다.

이 궁금증을 풀기 위해 그는 갓 태어난 아기 90명을 부모에게서 빼앗아 궁중으로 데려온 뒤 그들을 가두어 키웠다. 그 아기들과 접촉이 허용된 사람은 유모들뿐이었다. 유모들에게는 그는

"그대들은 들으라. 아기들이 있는 곳에서는 어떠한 의사표시도 하지 말고, 말 즉 언어는 일체 사용하지 말 것이며, 말을 가르치지도 말라"는 철저한 침묵(complete silence)을 지킬 것을 명령했다. 인류 최초의 언어를 찾아내기 위해 현재 쓰고 있는 말을 차단시킨 뒤, 그들이 성장하면 과연 어떤 언어로 의사표시를 해 올 것인가를 탐구시켰던 것이다.

결론부터 말하면 프레드리히 Ⅱ세가 인류 최초의 언어를 찾아내려 했던 이 실험은 실패로 돌아갔다. 그것은 어린 아기들에게 육체적인 성장만 허용했고 정신적인 성장을 위한 외부 접촉과 교육이

철저히 봉쇄돼 몇 년이 안 돼 모두 죽었던 것이다.

그러나 그 실험은 우리에게 많은 것을 시사해 준다. 인간 사회에서 가장 필요한 것이 무엇이냐는 것이다. 그것은 말, 즉 커뮤니케이션이었던 것이다. 우리의 가장 기본적인 욕구인 인간의 커뮤니케이션이 봉쇄되면, 즉 언어를 통한 자기 의사표시가 봉쇄되면, 결국은 생각 자체도 하지 못하게 되고 인지認知조차 할 수 없다는 교훈을 우리에게 준 것이다.

나에게는 34세가 된 아들이 하나 있다. 말도 못하고, 혼자서는 행동도 할 수 없는 자폐증아自閉症兒이다. 그에게서 듣는 말은 아빠를 말하는 "빠……"라는 말 하나 뿐이다. 그것도 나를 부르는 것이 아니다. 그냥 말을 시키면 "빠……"라고만 할 뿐 그의 말엔 의미가 없다.

나는 그 애가 첫 돌 때부터 좀 이상하다는 생각을 했다. 그전에는 그렇지 않았는데 갑자기 아이의 행동이 좀 부산하다고 느낀 것이다. 그래도 사내아이니까 그렇겠지 라고 생각했다. 그런데 그가 말을 하지 않았다. 전혀 말할 기미도 보이지 않았다. 그래서 네 살이 되었을 때 서울대학교 병원을 찾았다. 그곳에서 나는 영원히 잊지 못할 청천벽력 같은 소리를 들었다. 그것은 그가 자폐증이라는 것이었다. 이 병은 발병 원인도 모르며 치료 방법도 없다는 의사의 말뿐이었다. 우리 아이가 정녕 말을 못한다는 것일까? 의사들은 아이가 말을 하는 시기를 잊어버려 이제는 영영 못할 것이라고 얘기를 했다.

그러나 아내와 나는 그를 위해 할 수 있는 것은 모든 것을 다 해

보자고 다짐했다. 우선 그 애가 7세가 됐을 때 서울대학교 병원에서 권해주었던 중앙대학교 사회복지관으로 말을 배우러 보냈다. 2년이 지난 뒤에 보니 그것도 모두 허사였다. 그의 등 하교 길엔 언제나 엄마가 동행했다. 혼자 학교에 보낼 수가 없었기 때문이다. 그는 버스만 타면 내릴 곳을 못 찾고 그냥 지나갔다. 그때부터 우리는 항상 그의 뒤를 쫓아다니게 됐고, 집에서는 문을 걸고 그가 나가는지를 지켜봐야 하는 상황에 이르렀다.

그 뒤 서울 오류동에 있는 성 베드로학교에 보내 그곳에서 숙식을 하며 7년을 지냈다. 역시 그에게는 변화되는 것이 없었다. 그냥 육체적으로 성장할 뿐 정신적으로는 어린 아이 그대로인 상태였다. 그는 아직도 어린 아이인 채로 그냥 머물러 있는 것이다.

그동안 아이를 잃어버려 속을 썩인 것만도 여러 번이다. 부천에 살 때에는 집에서 나간 뒤 1주일 만에 의왕에 있는 정신병원에서 찾기도 했고, 대천해수욕장에서는 그를 잃어버려 해수욕장 전체가 발칵 뒤집히는 일이 벌어지기도 했다.

우리의 인내에도 한계가 있음을 슬슬 느끼게 되었다. 그래서 지푸라기라도 잡는 심정으로 병원엘 다시 가봤다. 그러나 의사는 10여 년 전 우리에게 해 줬던 말을 그대로 해줄 뿐이었다. 아직도 발병 원인을 못 찾았고 치료 방법도 여전히 없다는 그런 얘기였다.

모든 것을 단념하고 있던 나는 내가 다니던 절의 스님 안내로 노스님 한 분을 소개 받았다. "내가 한번 치료해 보겠다"는 것이었다. 모든 것에서 치료를 포기했던 나는 마지막으로 종교의 힘을 빌려 보기로 했다. 그래서 강원도 정선에 있는 옥갑사라는 절로 보냈다. 옥갑사는 정선에서도 한참 들어가 있는 곳으로 우리나라 오지 중의 오지에 있는 절이다. 뒤에 커다란 바위가 몇 개 있어 마치 호랑이처럼 보이는 그곳은, 산세도 험하고 지형도 나빠 사람들도 거의 오지 않는 그런 곳이었다. 그곳에서 1000일을 기도하며 지냈다. 그러나 그에게는 아무런 변화도 나타나지 않았다. 그를 데리고 집으로 오다가 제천에 있는 어상천에 있는 절에서 머무르기도 했다. 그 절에서도 역시 마찬가지였다.

우리는 또 자리를 옮겨 단양에 있는 광덕사라는 곳을 갔다. 광덕사는 우리나라에 있는 10대 피난처라는 곳이었는데, 여기에선 물이 많이 나고 땅도 넓어 어떤 난리가 나도 살아갈 수 있다는 곳이다. 실제로 산꼭대기에 있는 그 절에는 농토가 제법 있었는데, 지금도 절의 주지 스님은 난리가 나면 여기에 오는 사람들을 구제한다고, 많은 옥수수와 약초 등을 말려 지붕에 매달아 놓고 있었다.

마지막으로 간 곳은 경북 상주에 있는 연수암이라는 곳이다. 그곳에서도 1년 가까이 있었으나 별로 효과가 없었다. 하루는 그곳에 있는 스님이 아무래도 이상하니 아이의 사주풀이를 한 번 해보자고 했다. 그러나 그 애의 사주가 굉장히 나쁜 것(스님 말로는 평생에 처음 보는 희한한 사주)으로 나타났다. 말로 표현을 못하겠다는 것이다.

그렇다면 인간은 무엇인가. 사람은 가지고 태어난 사주로 미리 정해진 어떤 틀 속에서 살아가야 된다는 말인가? 예로부터 인간에게 정해져 있는 틀이 있는데 이것을 사주라고 했다. 그것은 자기가 태어난 년年, 월月, 일日, 시時다. 우리의 아버지 세대는 그것을 믿고 살았다. 그러면 현대의 우리도 사주 속에서 살아가야 한다는 것일까? 우리들도 정해진 틀 속에서 어떤 법칙에 따라 살고 움직여야 한단 말인가?

그는 천사다. 악을 모르는 사람이다. 누가 때리면 그대로 맞고 있다. 누구를 때릴 줄도 모른다. 항상 웃는 얼굴이다. 그냥 누워 있으면서 방글방글 웃고, 그러다 잠이 오면 잠을 자는 그런 사람이다. 나는 가끔 이런 생각을 해 본다. ‘혹시 내가 다른 사람에게 나쁜 짓을 너무 많이 해 나에게 이런 아들을 태어나게 하고 반성하라고 하는 것인가?’ 그러나 아무리 생각해봐도 나는 그런 짓을 안했다.

요즘 나는 그를 대전에 있는 병원에 입원시키고 있다. 그곳에는 이런 아이들이 몇 명 더 있다. 왜 이 아이들에게 그런 몹쓸 병이 찾아 온 것일까? 왜 우리 아이는 다른 애들처럼 성장하고

말을 하지 못하는 것일까? 그저 답답하기만 하다. 온 몸이 굳어져 가슴이 터질 것만 같다. 프레드리히 II세의 그 때 실험이 생각난다. 물론 나와 같은 의미는 아니겠지만 그때 갓난 아이들을 왕에게 빼앗겼던 어머니들은 어땠을까. 왕을 또 얼마나 원망했을까.

이제 나는 그를 원망하지 않는다. 그의 인생이 그런 것이라고 생각한다. 이것은 나의 실수가 아니라고 말한다. 그가 그렇게 내게서 태어났을 뿐 우리가 그를 그렇게 살도록 하지는 않았다는 것이다. 아직도 아무것도 혼자서는 못하고, 말도 못하는 아이. 그냥 누워서 세상의 온갖 고통을 감싸안고, 이렇게 해도 웃고 저래도 웃는 아이. 그는 살아있는 천사다. 지금은 그가 편안하게 여생을 보낼 것만을 기도할 뿐이다.

전병삼

sopyeng@hanmail.net

청주고등학교 졸업
중앙대 및 대학원 국어국문학과 졸업
청주일신여고, 청주신흥고 교사
충북대 국어국문학과 강사 등
현 중앙대 부속고 교사
「지구문학」 신인상 당선(시), 「수필문학」 추천완료,
지구문학작가회의 이사, 수필문학 추천작가회 회원
한국수필문학가협회 회원
한국문인협회 회원

아버지와 태극기

광복절을 며칠 앞둔 어느 날이었다. 북한산 자락에 있는 천년고찰 진관사津寬寺의 칠성각을 해체·복원하는 과정에서 발견된 독립운동 관련 신문 자료들이 언론에 공개되었다. 그것들과 함께 왼쪽 아래 부분은 불에 탄 흔적이 있고 총알구멍이 곳곳에 뚜렷한 태극기 한 점을 비구니 스님들이 들어 보여 주었다. 그런데 그 핏기어린 태극기 위에 태극기를 그토록 소중히 다루시던, 철부지 아들에게 애국가를 열심히 가르쳐 주시던 아버지의 모습이 선명히 오버랩 되어 보이는 것이 아닌가!

어렸던 시절, 아버지께서는 국가기념일마다 삽짝문 기둥에 황금빛 깃봉이 신비스러운 깃대를 높이 세우고 해도 뜨기 전에 태극기를 정성껏 다셨다. 그런 날은 어김없이 해가 지기 전에 들일을 마치고 돌아오셔서는 엄숙한 표정으로 태극기를 내려 장롱 서랍에 보관하시곤 했다. 게다가 아버지께서는 우리가 쓰던 크레용으로 손수 태극기를 그려서 마루방문 위에 붙여 놓기도 하셨다. 도시에서 이리저리 이사를 하며 살았어도 아버지께서는 그 일을 절대로 잊지 않으셨다. 마침내는 어디서 구하셨는지, 제대로 인쇄된 태극기를 액자에 넣어서 거실의 가장 잘 보이는 곳에 '家和萬事成' 액자와 함께 걸어 놓으셨다.

내가 초등학교 4, 5학년쯤이었던 것 같다. 여러 해를 지나다보니, 태극기에 때도 끼었겠고 먼지도 잔뜩 배었었나 보다. 어머니께서는 누렇게 찌든 태극기를 다른 빨랫물들과 함께 섞어서 삶은 빨래를 하셨던 게다. 그러니 태극기의 문양이 어찌 되었겠는가? 그날 어머니께서 아버지로부터 애먼 나무람을 호되게 당하시던 모습이 눈에 선하다. 태극기를 깨끗하게 만들어 보려고 하신 어머니의 정성을, 형편없던 염색술이 하얗게 바래 버린 것이다.

세월을 좀 더 거슬러, 내가 한 너댓 살 쯤이었을까. 나를 무릎 위에 앉혀 놓고 애국가를 가르쳐 주시던 아버지의 열성이, 삽짝문에서 펄럭이던 태극기 위에 겹쳐진다. "동해물과 백두산이 마르고 닳도록 ~" 내가 태어나서 처음 배운 노래가 바로 애국가란 말이다. 그런데 가사(1896년 11월 16일, 독립문을 건립할 때에 윤치호 선생이 처음 지었다고 함.)는 지금과 다름이 없었으나, 곡조는 영 아니었다. 고등학생쯤이 돼서야 알게 된 스코틀랜드의 민요 'Auld Lang Syne(old long since, 1788년에 시인, 로버트 번스가 작곡했다고 함.)', 바로 그 곡이었다. 비비안 리와 로버트 테일러가 주연했던 불후의 명화 '애수[Waterloo Bridge]'에 삽입되어서 세계인의 눈물을 자아냈다는 곡조 말이다. 아무튼 그래서 나는 초등학교에 입학하기도 전에 이미 애국가 가사 4절까지를 온전히 익힐 수 있었다.

그러면 왜 아버지께서는 안익태 선생이 작곡(1937)해서 대한민국 정부수립(1948년)과 더불어 '국가國歌'로 지정된 지금의 곡조를 가르쳐 주지 않으셨을까? 필시 아버지께서는 그 가락을 제대로 모르셨던 것 같다. 아마도 아버지께서는 그 동안 일본 북해도北海道 탄광에서 극심한 노역에 시달리셨기 때문이리라.

아버지께서는 당신이 태평양 전쟁 통에 '근로보국대'란 미명으로 강제 징발[징용]되어 일본 북해도 탄광 어디에서 강제 노동으로 혹독하게 고생하신 얘기를 세세히 들려주지는 않으셨다. 아마도 식민지 백성의 부끄러움을 드러내서 말하고 싶지 않으셨던 모양이다. 가끔 약주가 좀 과하시면 함께 고생하셨던 동네 어른들과 떠들썩하니 회상하시던 말씀 조각들이 어렴풋할 뿐이다.

아버지께서는 연세가 드실수록 심각한 난청으로 불편을 겪으셨다. '조센징'들을 가혹하게 몰아치던 일본인 십장什長 놈과 싸우다가 고막이 터졌기 때문이란다. 또한 아버지의 손가락은 흉하게 구부러지고 손톱들은 두 갈래 세 갈래씩 찢어져 있었다. 갑자기 탄광 갱도가 무너져 내려 죽을힘을 다해 석탄 덩어리를 파헤쳐대느라고 그리 되셨다고 한다. 어쨌든, 천만다행으로 목숨을 보전하시어 고국으로 돌아오셨음에, 내가 이 세상 빛을 보게 된 것이기도 하겠다. 아버지들은 그 북해도 캄캄한 갱 안에서, 광복의 환희가 출렁이던 귀국선 갑판 위에서 "대한사람 대한으로 길이 보전하세"를 얼마나 애타게 불렀을까?

그 뿐만이 아니다. 아버지께서는 해방 정국의 어지러운 소용돌이 속에서는 대형 태극기를 휘두르시며 '대한청년단'의 일원으로 열렬히 활동하셨단다. 그러나 6·25 전쟁이 발발하자 이리저리 몸을 숨기고 지내시던 아버지는 결국, 남로당원 행세를 하던 친구의 고발로 북한군에 잡히고 말았다. 포승줄에 묶인 채로 원산 근처까지 끌려가다가 캄캄한 밤중에 냅다 산비탈로 굴러떨어져서 구사일생으로 탈출해 오셨다고 한다.

당신이 살아 있는 동안은 절대로 일본어를 배워선 안 된다고 수시로 나를 경계시키던 아버지는 기록에 이름을 남기신 어엿한 독립운동가도, 애국지사도 아니시다. 그러나 그분께서는 우리 민족이 겪은 현대사의 힘겨움을 고스란히 안고 사셔야 했다. 이러한 아픔 속에서 자연스럽게 국가의 상징인 '태극기'의 소중함을, '애국가'의 위안을 뼛속 깊이 간직하셨던 게다.

내가 부모님의 슬하를 떠나서 서울에 조그마한 연립주택을 처음 장만했을 때다. 아버지께서는 어김없이 학교 앞 문방구에서 교실 미화용 태극기 액자를 사다가 비좁은 거실 벽에 보란 듯이 걸어 놓으셨다. 그리고 나는 집을 옮길 때마다 그 액자를 조심조심 닦아 걸면서 영문도 모르고 의아해하는 아이들의 눈치를 은근히 살펴야 했다.

아버지께서 억척스레 살아오신 이승을 떠나신 그 다음 해다. 나는 광화문 앞에서 열린 광복 60주년 기념식에 참석했었다. 나는 그때 나눠준 휴대용 태극기를 아담한 도자기 화병에 꽂아서 액자 태극기 대신에 나의 서실, 아버지의 사진 밑에 놓아 드렸다. 그리고 지금도 아침, 저녁으로 그 태극기를 바라보면서 아버지의 그윽한 훈도薰陶를 우러르고 기리는 것이다. 한편으로는, 하찮은 와각지쟁蝸角之爭이거나 요란스러운 운동장 등에서 태극기를 마구잡이로 휘둘러대는 실상을, 애국가야 울리거나 말거나 거침없이 떠들어대고 제짓들만 나부대는 철없음 들을 속으로만 안타까워하면서.

일제 흉한의 총탄 자국이 여기저기 선명한 진관사 태극기……. 나라를 되찾으려던 선조들의 뜨거운 애국심이 평생 동안 나라를 걱정하며 사셨던 아버지의 근엄한 애국가 가락에 겹쳐서, 현실을 외면한 채 냉랭히 살아가는 나의 가슴을 새삼 아리게 한다.

속인俗人의 마음닦기

　……이내 땀방울이 송글송글 솟는다. 살갗이 약간씩 따끔거린다. 열기욕탕에 들어온 지 한 10분쯤은 지났을까? 으흐흐흐, 그래도 5분 정도는 묵상이거나 참선을 하는 자세로 좀더 버텨 볼 셈이다. 그 정도는 돼야 축적된 찌꺼기들이 몸 밖으로 삐져나올 테니까 말이다. 옆에는 멀쩡한 사람들이 불룩한 뱃살을 벌떡이며 고통스레 버티고 있다. 아마도 땀을 삐질삐질 흘려서라도 체중을 줄여 보려는 것이리라…….

　한증욕탕을 찾을 때마다 반복되는 나의 입탕 첫 장면이다. 다른 사람들은 대부분 온탕에 몸을 퉁퉁 불려서 살가죽이 벗겨질 정도로 겉때들을 벗겨 내느라 분주하다. 그렇지만 나는 몸에 물 한 방울 묻히지 않은 채로 다짜고짜 각종 광물질 들로 꾸며져 있는 한증욕탕으로 들어간다. 겉에 묻어 있는 때야 집이나 체육관 샤워장에서 수시로 씻어내지 않았던가.

　나는 맥반석, 자수정, 옥돌, 은, 소금, 황토, 참나무숯, 한약재, 약쑥 등의 효험을 구태여 따지지 않는다. 그렇다고 나는 열광적인 목욕 마니아는 결코 아니다. 다만 세상살이가 짜증나고, 뭔지 모를 역겨움에 시달릴 때 한증욕탕을 찾을 따름이다. 오감을 통해서 파고

들어온 온갖 홍진들을 물리쳐 보려는 궁여지책이랄까, 범속한 인간으로서 다스리기 벅찬 오욕칠정을 다스려보려는 안간힘이다. 경지가 대단한 도인도, 절대자와 교감하는 종교인도 아닌 나로선 이것이 최선의 방법이 아니겠는가.

목욕의 일차적 목적은 몸을 청결히 하는 데에 있음은 더 말할 나위가 없다. 문헌이나 동서양 유적 곳곳에는 목욕이 제의나 종교 의식을 거행하기 전의 경건한 준비 절차였다는 기록과 흔적 들이 있다. 절간에서는 큼지막한 대중탕까지 갖추어 놓고 스님들과 신도들이 업죄를 닦아낸 후에 불공을 올렸던 모양이다. 신랑, 신부가 혼례를 앞두고 반드시 목욕을 했다든지, 일반인들도 천지신명이나 조상에게 제사를 지낼 때에는 반드시 목욕을 했다고 한다. 목욕 시설이 보편화되기 전, 우리도 설이나 추석이 다가오면 가마솥에 물을 펄펄 끓여서 옹색하나마 방안에서나 헛간에서 열심히 몸을 닦지 않았던가.

또한 목욕은 질병의 치료나 피부 미용을 위한 방편이 되기도 했다. 오래 전부터 피부병, 정신병, 염증, 성인병과 같은 각종 질환의 치유 방편으로 유황, 철분, 라듐, 게르마늄, 탄산 등의 온천욕이 성행해 왔다. 심지어 인삼탕, 창포탕, 복숭아꽃탕, 마늘탕, 난초탕, 솔잎탕으로 명명되는 목욕탕까지 있었다고 한다.

한편 요즈음 들어 부쩍 늘어난 열기욕탕 내지 한증욕탕은 나라마다 특색이 있다. 그 방법도 다양해서, 섭씨 50도~60도를 유지하는 터키식, 아일랜드식, 로마식, 러시아식 등으로 구별된다. 무엇보다도 섭씨 80도~100도까지 올라가는 핀란드식 사우나와 가장 유사한 우리나라의 옹기가마식 한증욕법은 세계의 그 어떤 방식보다도 훨씬 위생적이고 효과적이라고 한다. 이미 세종 임금께서 난치 병자들을 구휼하기 위한 방편으로 이러한 한증욕탕을 한양 한복판에 설치하고 한증을 전문으로 하는 승려들로 하여금 관리하도록 했다는 기록도 있다.

어쨌든 내가 하는 목욕의 목적은 신체 청결도, 종교 행위도, 질병 치료도 아니다. 억지로 살을 빼고자 함도 전혀 아니다. 오로지 마음의 아림과 찌듦을 다스리고 우려내고자 함에 있다. 고열을 뿜어대는 한증욕으로 속속들이 파고들어 있는 세상살이의 오염을 얼마만큼 녹여낼 수 있다고 여기기 때문이다.

오늘날과 같은 첨단 시설의 목욕탕이 아니라, 단순히 온탕에 몸을 불려서 때나 밀어대던 시절엔 나도 대중목욕탕 가기를 그리 탐탁하게 여기지 않았다. 수시로 목욕탕엘 드나들 만한 여윳돈도 없었다. 혹자들처럼 온갖 사람들이 드나드는 대중탕의 위생 상태를 극히 부정적으로 생각하기도 했다. 우스갯말로, 별것도 아닌 물건을 한껏 휘둘러대며 목욕탕 안을 거들먹거리는 몇몇 흉상들이 볼썽사납기도 해서였을지 모른다.

그 당시에는 경치가 수려한 여러 산들을 국립공원으로 지정해 놓고도 그에 대한 관리가 매우 허술한 때였다. 그래서 나는 찌들고 더럽혀진 심신을 청결하기가 그만인 명산 계곡에서 닦아보려고도 했다. 혼자서는 용기가 안 나거나 으스스한 무서움을 느낄 때면 친구들을 은근히 꾀어서 함께 불법을 저지르곤 했다. 땟물이 둥둥 떠도는 대중목욕탕보다야 백 배 효과적이었다. 지리산, 설악산, 속리산, 계룡산, 월악산, 심지어 덕유산 그 차가운 무주 구천동 골짜기에서 누가 오래 참나, 거시기가 뱃가죽 속으로 바짝 올라붙을 때까지 미련통이질도 해 보았다. 심산에서 수도하던 선인仙人들이나 고승들이 했음 직한 모습들을 흉내내 보았다고나 할까. 그럴 때마다 나는 마치 신선이라도 된 듯이 시원스럽고도 통쾌했다. 나의 피부가 본디 남들보다 연약하고 부드러운지라 친구들에게 지기가 일쑤였지만 말이다. 그러나 공원 관리인들의 감시를 피해서 만용을 부리던 그 짓도 계속할 수가 없게 되었다. 국립공원관리법에 저촉되는 행위를 하다가는 어마어마한 벌금을 물어야 하기 때문이다.

즈음에 공교롭게도 사우나탕이란 게 전국적으로 번져갔다. 이내 비속인卑俗人의 마음닦기는 산골짝 폭포수 냉탕에서 도심의 한증탕으로 180도 바뀌게 된 것이다. 그러나 열기욕탕 속에서 참고 견디어 땀을 배출하고 따끈따끈한 온탕에 몸을 담가 봐도 그 시절의 짜릿한 쾌감은 없다. 목욕탕 안의 냉탕이나 폭포탕을 열심히 드나들어 봐도 밋밋하기만 할 뿐이다.

그렇지만 어쩌랴, 이젠 도리가 없는 걸. 배보다 배꼽이 크다고, 목욕 요금보다 어마어마하게 비싼 돈을 들여 돼지 털 벗기듯이 때를 밀어대고 마사지를 즐기는 꼬락서니들이 여간 눈꼴신 게 아니지만, 온몸 속에 배고 쌓인 추잡과 탐욕을 닦아내려면 어쩔 수가 없지 않은가.

며칠 동안에도 보지 말아야 할 것들을 너무 많이 보았다. 듣고 싶지 않은 말도 수없이 들어야 했다. 먹어서는 안 되는 물건들을 먹어댄 건 또 얼마인가. 게다가 대하고 싶지 않은 몰골들이 자꾸 어른거려 마음을 어지럽히기도 한다. 추악한 불순물과 오물이 머릿속에 그득히 고여 있는 모양이다. 이대로 참으려다간 또 가슴병에 시달리는지도 모르겠다. 그러니 내일쯤 또 한 두어 시간 동안 40도를 출

렁이는 열수탕과 100도를 오르내리는 한증막을 수도원이나 선방으
로 착각한 채로, 하찮은 인내심을 지긋이 시험해 볼 양이다.

유서정

<sjyoo114@hanmail.net>

경기여고 졸업
고려대 식품영양과 졸업
2005년 <문학마을>로 등단
한국문인협회 회원
이음새에세이문학회 회원

건넌방 친구들

강의를 받고 돌아온 화요일 저녁, 서재로 들어서며 가지런히 꽂혀 있는 책들을 바라보다가 나는 소리쳤다.

"얘들아! 나야, 나! 나 알겠니? 몇몇 선배님들이 나도 잘할 수 있대. 너희들도 좀 나를 믿어봐."

그러나 그네들은 아직 한 번도 그런 일이 없었을 뿐만 아니라, 너무 깊은 잠에 들어 있었기 때문인지 내 소란에 좀처럼 반응을 보이지 않았다. 오히려 돌아누우며 투덜거리는 놈들까지 있었다. 나는 어쨌든 저네들과 가까워질 필요가 있어서 처음으로 그들에게 편지 쓸 생각을 했다.

이 가을에, 주변에 함께 지내면서도 말 한 마디 전하지 않던 나이지만 더 이상 이렇게 지내서는 안 될 것 같아 내 마음을 전하기 위해 이렇게 펜을 들었어. 한 집에 있으면서도 늘 남처럼 쳐다보기만 하고 지나치던 내 행동이 정말 후회 되는구나. 아마도 태풍처럼 휘몰아치는 일들 때문에 너무나 오랫동안 너희들을 잊었나 봐. 미안해. 이제 그러지 말아야겠다고 생각했어. 내가 이런 생각을 하게 된 것은 나에게 어떤 계기가 마련되었기 때문이야. 그게 뭐냐고? 그래, 그게 내가 너희를 다시 찾게 되고 이런 글까지 쓰게 된 이유이

기도 해.

　그것보다 먼저 나는 이번 계기로 느낀 것이 많아. 문제를 어떻게 생각하고 또 어떤 식으로 행동하는 것이 길을 여는 중요한 열쇠가 된다는 것을 절실히 느꼈기 때문이야. 그러다 보니 '만남'이라고 하는 것이 얼마나 중요한가 하는 것도 새삼 깨닫게 되었고.

　새로운 마음으로 다시 배움의 상징이라고 하는 책상을 마주하고 앉으니 무엇보다 그 옛날의 우정이 되살아나는 기분이었어. 왜 '책상'이라고 부를 수 있는 것들을 밥상이나 차를 올려놓는 테이블 정도라고만 생각하고 또 그렇게 불렀었는지. 그러고 보니 나는 너희들로부터 떠나 있었던 것이 아니고 늘 곁에 있으면서도 너희들이 주인이 되어야 할 자리를 다른 것들로 채우며 살아왔던 것 같아. 완전히 주객이 전도되어 있었던 것이지. 너희와 나는 오랜 친구이기에 새삼스럽게 통성명을 할 필요도 없고 낯가림도 할 필요가 없잖아. 이 편한 상대를 곁에 두고 얼마나 거추장스럽고 피곤한 일로 내 삶을 낭비했는지. 찾을 수만 있다면 다 돌려받고 싶어. 너희와 이렇게나마 가슴을 트니 정말 날아갈 것 같은 기분이야. 마치 초등학교에 처음 입학한 학동 같아. 선배님들까지 계시니 더 그런 기분이야.

　내 가슴속에 이런 용솟음이 끓어오르기 시작한 것은 문화센터에 등록을 하면서부터였어. 사실 문학이라고 하는 것이 나에게 낯선 신대륙과 같은 존재는 아니지 않니? 학창시절, 시험이 끝나고 나면 제일 먼저 하고 싶었던 일이 너희들과 만나는 일이었잖니! 커다란 알사탕을 입에 물고 아무 걱정 없이 따뜻한 아랫목에 엎드려 새벽까지 너희들을 만나곤 했었지. 그 때마다 아버지께서는 큰 소리로 "시험도 끝났으니 이제 그만 자거라." 하시면 나는 대답만 해놓고는 아랫목 이불속으로 쏙 들어가 다시 너희들과 함께 키득거리며 밤을 꼬박 새우곤 했었어.

그 후 바쁘다는 핑계로 너희들과 남처럼 살았으니…… 너희들끼리 모여 앉으면 세상에 믿지 못할 게 사람의 마음이라고 궁싯거리지는 않았는지 부끄럽구나. 9월 첫 강의가 시작되던 날 저녁에 설레는 마음으로 교수님과 여러 선배님을 만났지. 그 때 나는 마치 '착한 양들의 모임'에 참석한 것처럼 그렇게 포근하고 편안할 수가 없더라. 내 생각엔 우리의 만남 안에 성모님이 오셔서 함께 계신 것 같았어. '노후정신건강보험'에 가입한 듯한 기분도 들고, 어떻든 '우리'라는 이름으로 묶어 부를 수 있는 동아리가 생겨 그렇게 뿌듯할 수가 없어.

할 말을 아낄게. 앞으로는 내가 너희들 곁으로 가면 아는 척 좀 해 줘. 너무 잠에만 빠져 있지 말고 이제 너희들과의 관계를 부드럽게 유지하기 위해 자주 너희들의 이름을 부르고 싶다. 그렇지 않아도 가을은 책과 가까워지는 계절이라고 하는데 내 인생의 가을에 마음을 둘 곳이 생겨 여간 다행스럽지가 않구나. 우리 자주 만나 대화하면서 삶의 풍요함을 위해 힘을 보태보자.

나는 이제 열린 마음으로 너희들 속에 숨어 있는 보석을 찾아내고 싶다. 그리고 그것으로 내 영혼을 살찌울 찬란한 빛을 발하는 목걸이를 엮어가고 싶구나. 나는 끈만 준비할게. 너희가 진주가 되고, 사파이어, 그리고 루비가 되어주어야 해. 나도 잘 할 수 있을 거야. 너희들의 찬란한 빛이 부스스 일어나는 나의 눈빛을 깨어나게 하지 않을까!

서정이가

반달이

한 동네에서 오랫동안 가깝게 지냈던 언니가 있었다. 같은 동에 살면서도 서로 모르고 지내다가 어느 날 반상회에서 처음 인사를 나누게 되었다. 그의 첫인상이 중학교 시절 내가 좋아했던 선배언니 모습과 흡사해서 친근감이 느껴졌다.

그 무렵 성당에서 성지순례를 가게 되었는데 때마침 한 조가 되면서 우리는 급속도로 가까워졌다. 그 후로 서로의 집을 오가며 친자매처럼 지냈다. 그렇게 언제까지나 함께 할 것만 같았던 언니가 멀리 이사를 가게 되었다. 사는 곳이 멀어지다 보니 만남도 자연히 소원해질 수밖에 없었다.

이사를 간 지 6개월 쯤 된 어느 날, 언니가 갑자기 우리 집에 놀러 왔다. 그동안 크고 작은 일들로 바쁘게 보냈다며 이제야 찾아온 것을 미안해했다. 나는 봇물처럼 쏟아질 것 같은 이야기 보따리를 꾹 참고 펼치지 않았다. 부엌에서 차를 준비하느라 바쁜데 언니가 큰 소리로 말하는 게 들렸다.

"어머! 이거 우리 건데. 이게 왜 이 집에 와 있지?"

'무슨 말일까?'

서둘러 차와 과일을 들고 거실로 나가자, 언니는 내 손을 잡아끌어 반닫이 쪽으로 데리고 갔다.

"얘, 이거 우리 집에 있던 거잖아. 이것 봐, 여기 구멍 난 것까지 똑같네."

왼쪽 옆면을 가리키며 나에게 확인까지 시켜준다.

'이게 웬 엉뚱한 소린가.'

남의 물건을 훔쳐다 놓은 걸 들켰을 때처럼 얼굴이 화끈거렸다.

"언니, 이거 내가 K 쇼핑센터의 고가구점에서 산 거예요."

말까지 제대로 나오지 않았다. 나는 내가 마치 변명이라도 늘어 놓고 있는 사람처럼 느껴졌고, 그런 자신이 느껴질수록 민망하기만 했다.

"K 쇼핑센터 김씨 할아버지?"

그렇다는 나의 대답에 언니는 박장대소를 했다.

언니가 이사를 가기 위해 대대적으로 물건 정리를 하면서, 마루에 놓았던 그 '충청도 반닫이'를 동네 고가구점에 내다 팔았다고 했다. 평소 고가구에 관심이 많던 나는 가끔 그 곳을 지날 때면, 시간을 내어 둘러보면서 소소한 기쁨을 느끼곤 했었다.

그런데 어느 날, 큰맘 먹고 들여 놓은 것이 언니네 것일 줄이야! 그 집에 그렇게 여러 번 놀러 갔는데도 그걸 왜 몰랐을까? 또 늘 무심히 지나쳐 버렸던 그 반닫이가, 무슨 인연으로 떠억 하니 우리 집 마루에 자리잡고 있단 말인가. '옷깃만 스쳐도 인연이라 하는데……' 우리는 이 기이奇異한 인연에 한참을 마주보며 웃었다.

세상을 살다보면 이런 저런 마주침에서 비롯된 다양한 인연을 만나게 된다. 무의식 속 어디엔가 마음의 흔적을 남겨 놓았기 때문은 아닐까. 그렇다. 만남이란 하나의 씨앗이다. 그것이 어떤 계기로 인하여 싹을 틔울 때 비로소 인연이 시작되나 보다.

　우연으로 찾아와서 필연으로 맺어진 언니와의 인연의 끈이 한 올 한 올 엮어져 반달이와의 인연으로까지 이어지다니……. 그건 분명 하나의 선연善緣일 것이다. 아마도 내가 마주친 인연은 늘 언니를 그리워하며 살아왔던 나의 소망인지도 모른다.

　오늘도 우연한 만남 속에서 또 다른 선연善緣과의 재회를 가슴 설레며 기다려 본다.

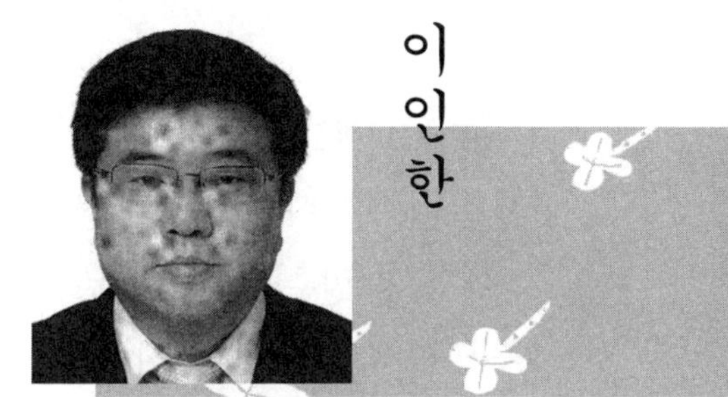

이인한

hlc-ihled@hyosung.com

경기도 수원 출생
중앙대 교육대학원 졸업
<순수문학> 수필 등단(2006)
이음새 에세이문학회 회T언
(주) 효성그룹 중국 가흥공장 파견근무 중

한국화의 즐거움을 찾아
—남농 허건 사후 20주기 추모전

　모처럼 햇살이 화창한 6월 첫째 주말이었습니다. 점심 식사를 마치고 서소문 쪽으로 차를 몰고 지나던 길에 시청 앞에서 신호등 때문에 차를 멈추었습니다. 무심히 덕수궁의 입구를 쳐다보았고 눈길을 담쪽으로 향했습니다. 요즈음은 무얼 전시하나 하는 마음에 담쪽에 붙은 큰 포스터에 눈길을 주었습니다. 눈길이 멈추어 선 그곳에, 지난해 기억에 담아 두었던 우뚝 솟은 소나무. 푸른빛으로 둘러친 그 그림이 푸르게 채색되어 붙여져 있었습니다. 인연이란 이런 것이 아닐까 싶습니다. 차를 잠시 한 쪽에 세워두고 포스터 앞으로 다가갔습니다. 담장 한 부분을 온통 채워 놓은 그 그림은 남농 허련의 삼송도가 틀림없었습니다. 차를 근처의 주차장에 정차하는 동안 가슴에 묻어 두었던 그 날이 떠오르며 새삼스레 가슴이 두근거리기 시작했습니다.

　여기서 잠깐 남농 허련의 가계를 집고 넘어 가겠습니다. 그림을 보기 전에 그 사람의 이력을 살펴봄으로서 그림의 이해를 도울 수 있지 않을까 하는 마음에 저의 감동은 잠시 뒤로 미루어 두겠습니다. 한국화의 대표적인 화가는 여럿 있습니다만 가계를 이루며 사는 곳은 그리 많지 않습니다. 또한 전통의 화법을 지켜가며 맥을 이어간다는 것은 보통 일이 아닐 것입니다. 호남의 한 지역을 중심으로 면면이 큰 획을 그으며 맥을 이어온 곳이 있습니다. 이름하여 운림산방이 바로 그곳입니다. 조선말기 남종화가로 이름 높은 소치 허유를 아시는지요. 허유는 진도 출신으로 일찍이 인근의 윤씨 종택에서 윤두서의 작품을 통하여 전통 화풍을 익히고 후에 추사 김정희에게서 남종화의 필법을 익혀 "압록강 동쪽에 그를 따를 자가 없다"라는 극찬을 들은 바 있습니다. 추사가 제주로 귀양을 떠난 후 자신은 고향으로 내려가 진도에 운림산방이라는 조선 화단을 만들어 남도 화단의 모태를 만든 장본인이기도 합니다.

이 운림 산방에서 남종화의 맥이 이어져 내려왔기 때문에 조선의 남종화는 현재까지도 역사가 이어진다고 할 수 있습니다. 일찍이 소치는 장남인 허은의 재주를 아껴 미산이라는 호를 내렸으나, 허은이 19세의 나이로 요절하자 크게 낙심을 하였다고 합니다. 후에 넷째인 허형에게서 화인의 재질을 발견하고 미산이라는 호를 내렸습니다. 미산이 63세인 일제기에 선전에 등단한 것을 보면 그 자질이 뒤늦게 알려졌음을 알 수 있습니다. 이후 미산은 가난에 허덕이기도 했지만 진도를 주축으로 대를 이어 운림산방을 꾸며 갑니다. 이 미산의 넷째 아들이 바로 남농 허건 오늘 전시의 주인공입니다. 이처럼 조부에서 부친에 이르기까지 그리고 운림산방이라는 한 곳을 통해 3대 화가가 배출되는 독특한 가계를 지니게 된 운림 산방은 현재에도 그 자손들과 학풍을 이으려는 학인들로 남종화의 대를 이어가고 있는 것입니다. 남농 허건은 1908년 태생으로 실지 이름은 허인대로, 건이라는 이름은 그의 나이 67세에 개명한 것으로 알려져 있습니다.

　이번 전시는 남농의 사후 20주년을 추모하는 자리로 시기를 네 부분으로 나뉘어 있었습니다.

　제1전시는 수련기인 초기 1930년~1945년으로 전통적인 화법에 기초를 둔 중국화와 일본화의 영향을 받은 시기로 이 시기의 작품들은 소치와 미산의 영향이 강하게 남아 있음을 알 수 있습니다. 주로 사는 곳인 목포를 중심으로 실지 정경을 중심으로 하여 한국의 자연과 그 숨결을 표출하고 있습니다. 이 시기는 다양한 소재를 대상으로 그림을 그렸습니다. 눈에 띄는 작품으로는 신선도가 남달리 눈에 들어왔습니다. 또한 놀라운 것은 1940년대에 이미 선전을 통해 화단에 그 얼굴을 크게 드리웠다는 점입니다. 수묵채색화인 '목포교외'라는 작품은 일본화풍이 강한 작품으로 내가 알고 있던 기존의 수묵화와는 또 다른 작풍作風을 볼 수 있는 좋은 계기가 되었습니다.

　제2전시는 1945년~1960년으로 해방 후에 자신의 예술 세계를 찾는 시기였다고 합니다. 광복과 함께 일제기의 일본 화풍을 극복하려는 노력으로 수묵이 강조된 산수화를 많이 그렸다고 합니다. 전국을 여행하며 실제 산수를 중심으로 작품에 담아 눈에 띄는 작품으로는 금강산 소견의 넉넉한 부처님을 통해 한 층 폭넓어진 그의 작품세계를 들여다 볼 수 있었습니다.

　제3전시는 1970년~1980년대로 이 시기는 굵은 필선과 빠른 붓질에 의한 생동감이 더욱 짙어지는 시기라고 표현되었습니다. 주로 목포를 중심으로 이어지는 연작을 통해 그림의 생동감과 완숙미가 곳곳에서 나타나 있었습니다. 제가 좋아하는 삼송도 역시 이 시기의 작품으로 화가는 자신의 화풍적인 기질을 이 시기에 많이 담고 있는 것 같습니다. 물방울의 김창렬이나 채색화의 이대원과는 분명 색감이 다른 그의 소나무가 많이 표출된 것도 이 때라고 합니다. 발걸음은 역시 삼송도 앞에서 멈추었습니다. 모진 풍상 속에서도 꼿꼿이 살아나는 전통의 맥, 소나무의 푸른 기상과 어우러진 강인한 생명력을 통해 소치와 미산 그리고 남농에 이어지는 세 그루 소나무를 그려봅니다. 머리 위로 시원한 바람이 한줄기 지나갑니다. 남농의 소나무를 통해 푸른 기상과 강인한 생명력을 지닌 남종화가 더욱 발전된 모습으로 우리에게 나타난 것이라는 생각이 듭니다.

마지막 제4전시는 문화라는 다양한 매개체들과의 접목을 시도한 남농의 노력을 잘 알 수 있는 전시였습니다. 일찍이 우리 선인들은 글과 그림 그리고 시를 통해 하나의 문화를 일구어 내었습니다. 남농은 미당 서정주, 명기환, 이원수 등 당대의 문인들과 교유하며 자신의 화폭에 이들이 직접 쓴 시나 글을 함께 놓았습니다. 자신의 화폭에 어우러진 시·서·화의 삼위 일체를 도모했다고 할 수 있는 것입니다. 이를 통해 남종문인화의 접목을 시도한 것은 아닌가 싶습니다.

맑고 고운 날을 골라 이음새 회원님들과 국립현대 미술관을 찾아 작품 하나하나를 음미하며 순례에 나섰던 것이 아마도 일 년 전 6월초였을 겁니다. 그때 수많은 작품들 중에서 한국적인 기상을 드높인 작품 때문에 잠시 숨을 멈추고 서 있던 그림 한 점이 있었습니다. 아래 위를 생략하고 중간 부문만 뚝 잘라내어 우뚝 솟은 소나무, 그 시퍼런 조선인의 풋풋한 기상이 아직도 눈에 선합니다. 전통과 현대미술의 조화로움이 어느 때보다 강조되는 이즈음 남농 허건의 소나무를 통해 또다시 한 걸음 앞으로 나아가는, 한국미를 발견하는 계기가 되었습니다.

우리 가족 깜이

오년 전 어머니께서 집사람을 위해 강아지 한 마리를 사 오셨다. 자그마하면서 몸 전체가 까만 것이 귀여워 붙인 이름이 깜이다. 송깜이인지 김깜이인지는 그 때 그 때 주장하는 사람에 따라 달라진다. 강아지에 대한 어머니와 집사람의 사랑이 너무 깊기 때문이다.

우리와 같이 살게 되면서 깜이는 귀여움을 독차지하고 있다. 지금은 일본에서 생활하는 아들의 동생으로 살았던 적이 있는가 하면, 밤이면 어머니와 함께 잔다고 자기 이불자락을 물고 방으로 들어가기도 한다. 집사람이 바깥으로 나갈라치면 어느 새 따라나선다고 발을 올린다. 아무래도 녀석은 나보다 한 수 위인 것 같다.

처음에는 귀염성이 유달리 많아 좋아했지만 아버지와는 잘 안 맞는 것 같다. 아버지께서 모처럼 시골집에서 올라오시면 달랑 그 방으로 들어가 실례를 해서 아버지께서 질색을 하신다. 어머니께서는 개가 그렇지 뭘 그러느냐고 하시지만 당신의 입장에서는 아무래도 기분 나쁘신 것은 사실이다. 나 역시 아침에 일어나 세면실로 가다가 무심결에 실례한 것을 밟은 적이 한두 번이 아닌지라…….

이 녀석에 대한 집사람의 사랑은 조금 더 애틋하다. 어쩌면 둘 사이에 교감이 이루어지는 것은 아닌지, 아내가 집을 비우면 꼭 거실

소파 위에 앉아 기다리곤 한다. 그냥 기다리는 게 아니라 어디서 가져왔는지 집사람 옷을 물어다 곁에 둔다. 나 역시 한두 번 본 것이 아닌지라 조금 이상하긴 하지만 '개가 사랑하는 아내' 표현이 좀 이상한가! 후후, 암튼 집사람 역시 이 녀석을 무지하게 사랑하는 관계로 지난 5년간 가끔 이 녀석 때문에 말소리를 높인 적이 있다. 내가 장난삼아 "볼일을 못 가리니 밖에 버릴까?" 한 농담은 아내의 울음까지 동반하는 관계로 이제는 사양하고 있다.

이번 5월 연휴에 온 가족이 통영으로 여행을 떠나기로 했다. 아버지의 팔순과 어머니의 일흔네 번째 생신, 그리고 나의 스무 번째 결혼 기념까지 모두 모아 가족여행을 가기로 한 것이다. 출발 하루 전까지 의견 수렴이 안 되어 갑론을박하다가 결국은 깜이도 같이 데리고 가기로 했다. 며칠간의 여행이지만 불안해하는 어머니와 아내를 위해서 뒷자리에 태우기로 하고 출발했다. 당초 목적지는 통영이었으나 중간 행선지를 합천 해인사로 바꾸었다. 불심이 깊으신 모친께서 평소 해인사를 둘러보는 게 소원이셨다. 해인사에 도착한 것은 오후 1시를 조금 넘어서였다.

연로하신 두 분을 모시고 가는 길이라 산 속까지 걷는 것이 무리가 되지 않을까 걱정했다. 다행히 산 입구에서 통과되어 절 입구까지 어렵지 않게 차로 올라갈 수 있었다. 여기서 잠시 실갱이가 있었다. 깜이를 어찌할까 하는 문제였다. 목걸이줄을 매면 다니는데 지장이 없을 거라는 집사람의 제안에 만장일치로 다같이 경내로 들어섰다.

해인사의 규모는 생각보다 컸으며 부처님 오신 날을 아직 한 주 앞둔지라 경내는 아직은 한산한 편이었다. 경내를 돌고 대웅전에서 아버지와 번갈아 가며 절을 올리고(깜이를 밖에서 붙잡고 있어야 했기 때문에) 팔만대장경이 있는 뒤쪽 계단을 향했다.

계단을 다 올라가 잠시 앞뜰에 있는 사이 관리인인 듯한 분이 다가와 "여기는 개의 출입이 금지되어 있습니다." 라고 할 때 아차 싶었다. 무심결에 깜이를 팔만대장경 앞까지 데리고 온 것이었다. 서둘러 사과를 하고 나오는데 아버지께서 천천히 보고 오라고 하시며 개줄을 건네 받으셨다. 나는 팔만대장경의 장엄함에 저절로 고개가 숙여지고, 그 보존에 새삼 놀라움을 감출 수 없었다. 경내를 나서는 길에 지나가던 불자가

"개가 이곳까지 오다니 불심이 깊은 모양입니다."
라고 해 우리 가족의 입가에는 웃음이 번졌다. 간단히 준비해 온 점심을 근처에서 먹고 통영으로 향했다. 우리가 미처 예상하지 못한 일이 통영에서 기다리고 있었다.

통영에 도착한 것은 다섯 시가 조금 넘은 무렵이었다. 마침 새로 개통된 케이블카가 있다고 하여 그곳에 들렀으나 예약 및 탑승이 모두 끝났다고 했다. 아쉬움에 돌아나오다 통영의 진미인 굴 한 상자를 사고 숙소인 펜션으로 향했다. 펜션에 도착한 우리는 짐들을 옮기고, 마지막으로 깜이를 내렸다. 그 순간 펜션 주인아저씨가 기겁을 하는 게 아닌가. 깜이를 절대로 펜션 안으로 들일 수 없다면서. 평소 깜이를 지극히 사랑하시는 어머니의 한 말씀

"애비야, 다른 펜션으로 가자."

그건 있을 수 없는 일이었다. 이곳을 예약하는데 수백 군데의 숙박업소와 통화를 했는데 당장 다른 곳으로 옮기자는 말씀은 노숙을 해야 할지도 모른다는 걸 말한다.

일단 집주인과 어머니를 진정시키고 타협안을 찾았다. 집주인은 나무로 된 건물인지라 절대 입장 불가라고 했다. 어머니께서는 당신이 데리고 자는 개인데 왜 안 되느냐는 논리셨다. 간신히 야외 바비큐 장 밑에 스티로폼을 깔고 거기에 묶어두는 것으로 결론이 났다. 저녁 식사는 집주인 쪽에서 마련한 싱싱한 횟감과 통영 굴로 마무리를 했다. 저녁 식사와 함께 서서히 저물어가는 바닷바람을 끼고 술자리가 파할 무렵, 어머니께서 깜이가 추우니 차안으로 옮겨 재우자고 하신다. 결국 깜이를 제 자리인 뒷자리에서 앞자리로 옮겨주고서야 나는 숙소로 올라갈 수 있었다. 어머니와 아내는 연신 바깥을 내다보며 깜이가 잘 자는지 궁금해 했다. 아버지와 나는 완전히 찬밥 신세였으나 싫지 않았다. 여행지에서의 첫 날은 그렇게 저물었다.

김유진

jinyujin@paran.com

전 대일외국어고등학교 교사
중앙대학교 박사과정 수료 중
중앙대학교 강사

그 동안 별일 없었습니까

"4호선 한성대 입구역에서 일어난 투신자살 사건으로 열차가 정지하고 있습니다. 지금 열차 출발 신호를 기다리고 있으니 승객 여러분께서는 잠시 기다려 주시기 바랍니다."

열차는 미아삼거리역에 멈춰선 채 안내 방송이 흘러나오고 있었다. 나는 딱히 바쁜 것도 아니어서 그대로 자리에 앉아 있었다. 그러나 내 생각은 한성대입구역으로 향하고 있었다. 누가 달리는 열차에 뛰어 들었을까? 도대체 무슨 사연이 있어 그렇게 끔찍한 일을 저지른 것일까? 생각을 이어가는 동안 열차는 계속 멈춰선 채 안내 방송이 이어지고 있었다.

"사건이 정리되는 대로 출발할 예정입니다. 바쁘신 승객 여러분께서는 다른 교통편을 이용하여 주시기 바랍니다."

그러는 동안 객차 안은 부산해지기 시작했다. 마치 질서정연하게 줄을 지어 움직이는 개미떼가 알 수 없는 장애물을 만났을 때 어찌할 줄 모르고 우왕좌왕하는 모습이랄까. 짙은 감색 양복에 서류가방을 든 중년의 사내가 급히 객차를 빠져 나가고 있었다. 한 쌍의 남녀도 그 뒤를 따랐다. 아마도 갈 길이 매우 바빴으리라. 그와 동시에 여기저기서 전화를 거는 소리가 들려 왔다.

　“아이 짜증나. 사고가 났대. 그래서 열차가 멈춰서 있어. 언제 출발할지 아직 모르나 봐. 아무래도 늦을 것 같아. 다시 전화할게.”

　“왜 하필이면 지금 사고가 나니? 언제 출발할지도 모르고 답답해 죽겠어. 애 참, 오늘 낮에 시간이 나서 백화점에 들렀다가 맘에 드는 옷이 있어 한 벌 샀다.……”

　“김 사장님이세요? 지금 미아삼거리역인데요. 사고로 열차가 멈춰 서 있습니다. 아무래도 늦을 것 같습니다. 그런데 지난 번 말씀하신 일은 그 가격으로는 아무래도 어려울 것 같습니다. 만나 뵙고 자세한 말씀은 드리겠습니다.”

　객차 안에는 안내 방송이 계속되고 있었다. 내 옆에 앉아 있는 스물네댓 된 청년은 귀에 이어폰을 낀 채 고개를 숙이고 졸고 있다. 마치 이 세상과 단절된 듯하다. 그런데 이런 모습은 그 청년 하나만이 아니었다. 부산한 주변을 돌아보니 이런 모습의 젊은이들이 여러 명 눈에 띄었다. 마치 이들의 모습은 이 세상의 일에 관여하지 않으려는 듯이 보였다.

　열차가 정차한 지 10여 분이 흘러가자 승객들은 자신의 일상에 뜻하지 않은 영향을 미친 투신 사건을 못마땅해 하면서 계속 기다려야 할지 아니면 내려서 다른 교통편을 이용해야 할지 망설이는 표정이다.

　언젠가 교통사고가 나 꽉 막혀버린 도로에서 발을 동동 구르던 일이 떠올랐다. 그때 나는 사고를 당해 구급차에 태워져가는 사람을 무심히 지나치며 그 사고로 인해 늦어진 나의 출근길을 걱정하고 있었다. 지금의 나 또한 바쁜 일이 있었다면 그 때와 같았으리라. 아마도 분주히 움직이는 객차 안의 또 다른 한 사람이었을 것이다.

맹자의 측은지심을 굳이 말하지 않더라도 우리는 다른 사람의 아픔을 함께 슬퍼하고 위로하는 심성을 가지고 있음을 부인할 수 없다. 노숙자의 쉼터에서, 호스피의 병동에서 우리는 여전히 우리 이웃의 아픔을 함께 슬퍼하는 많은 사람들을 찾아볼 수 있다. 그러나 어쩌면 더 많은 우리는 이제 남을 돌아볼 여유를 잃어버리고 점차 측은지심이 무디어지고 있는 것은 아닌지 다시 한 번 생각하게 된다. 오늘 이 객차 안에 앉아 열차의 출발을 기다리며 이런 생각을 지울 길이 없다.

학창 시절에 읽었던 헤르만 헤세의 소설 <지知와 사랑>에서 나르치스가 밤새 휴식과 수면이 두 시간 이상 허락되지 않는 수도사로서의 힘겨운 수련 중에 골드문트를 위해 기꺼이 자신의 휴식 시간을 내어주는 이야기가 생각난다. 골드문트는 이런 나르치스에 대해 "그는 창백한 얼굴과 시체처럼 야윈 손으로 피곤에 지쳐 누워 있다가도 친구가 오자 기꺼운 마음으로 맞아 주었으며 아직도 여인의 향기를 풍기는 그를 위해 귀를 귀울이고, 참회와 참회 사이의 그 짧은 휴시시간조차 희생하여 준 것이 아닌가!"라고 하며 자신을 완전히 버린 정신적인 사랑을 감사하고 있다.

사실 그 시절 우리는 모두 나르치스였다. 친구를 위해 아낌없이 모든 것을 희생할 수 있었다. 그러나 이제는 몇몇 가까운 친구들 외에는 안부조차 모르고 살아가고 있다. 우리는 직장에서의 승진을 걱정하고, 자녀의 앞날을 걱정하고, 생활비를 걱정하느라 너무나 마음이 분주한 것은 아닌가. 스스로를 되짚어 본다.

본래 우리 민족은 너와 나를 엄격히 구분하지 않는 문화를 간직해 왔다. 이웃집 한옥의 처마가 우리집 처마에 걸치더라도, 이를 크게 문제 삼지 않고 살아온 민족이었다. 나그네를 위해 사랑방 하나를 내놓을 수 있는 민족이었다. 함께 슬퍼하고 함께 기뻐했다. 또한 함께 나누고 즐기었다. 너와 내가 함께 하는 삶, 이는 바로 축제의 문화였다. 멈추어 선 열차 속에서 나는 마음속으로 외쳐 본다. '이제 무디어진 측은지심을 다시 벼리자.' '비록 내가 조금 손해를 보더라도 더 절박한 처지에 놓인 누군가를 위해 잠시 기다리는 넉넉한 마음을 가지자.' '나를 희생하는 삶은 아니더라도 다른 사람의 고통을 함께 나누는 삶을 살자.'

그리고 오늘 이 순간 함께 호흡하며 살아가는 나의 모든 이웃들에게 안부를 묻는 삶의 여유를 되찾고 싶다.

"그 동안 별일 없었습니까?"

아이스크림 하나 주세요

"아이스크림 하나 주세요."

"어떤 아이스크림을 드릴까요?"

점원은 나에게 되물었다.

레인보우 샤베트, 슈팅스타, 슈퍼 휘지 트러플, 체리 쥬빌레, 캠프 화이어 에스모어, 엄마는 외계인……. 매장에는 각양각색의 아이스크림이 진열되어 있었다. 나는 이름도 생소한 여러가지 아이스크림을 보며 애써 당황스런 마음을 감추고 친근한 빛깔의 흰색 아이스크림을 고를 수밖에 없었다. '컴퓨터나 휴대 전화의 복잡한 사용법을 몰라 대학에 다니는 아이에게 도움을 청해야 하는 것은 그렇다 치더라도, 이제 아이스크림 하나를 제대로 고를 수 없는 처지가 되어 버렸나?' 매장을 나오면서 나는 왠지 씁쓸한 맛을 떨칠 수가 없었다. 내가 사는 세상이 갑자기 낯설게 느껴지며 마치 낯선 땅에 버려진 미아가 된 느낌이 들었다. 잠시 한 눈을 파는 사이 열차는 떠나가고 텅 빈 역에 혼자 남겨진 외로운 기분이었다.

변화하는 사회에 적응하는 일이 쉽지 않다고 생각하면서, '다양한 종류의 아이스크림을 구별하여 먹는 것이 현대인의 행복인가?'라고 스스로 반문하지 않을 수 없었다.

삼국지三國志 오지吳志에 나오는 여몽의 고사에서 '士別三日 卽當 刮目相對(사별삼일 즉당괄목상대)'라 하여 '선비가 헤어진 지 사흘이 지 나면 마땅히 눈을 비비고 다시 보아야 한다.'라고 하였지만, 오늘날 우리들이 살아가는 현대 문명은 하루만 지나도 눈을 비비고 다시 보아야 할 정도로 나날이 새로워지고 있다.

그런데 이처럼 눈부시게 발전하고 있다는 현대 문명을 가만히 들 여다보면 본질적으로 통합의 문명이라기보다 분화의 문명이라는 특성을 지니고 있음을 발견하게 된다. 오늘날 우리가 향유하며 살 아가는 현대 문명은 물질을 쪼개어 그 구성 요소를 분석하는 데에 능하다. 현대 문명사란 물질이 어떤 구조로 이루어져 있으며, 그 구 조는 어떤 요소로 구성되어 있는가를 밝히는 역사였다고 해도 과언 이 아닐 것이다. 이제 인간은 원자력까지 사용할 수 있게 되었으니, 이 분야에서 인간은 나름대로 놀랄 만한 성과를 거둔 것도 부정할 수 없는 사실이다. 그 결과 학문은 보다 세분화되었으며, 이에 따라 인간 사회도 보다 세분화되었다. 그러나 인간의 문명은 이렇게 분 석한 물질의 구성 요소를 다시 모아 본래의 물질로 되돌릴 수는 없 다. 즉 분화의 기능은 있지만 통합의 기능은 갖고 있지 못한 것이다.

머지 않은 미래에 우리가 눈이 아파 안과에 가면 이런 대화를 나 눌 지도 모른다.

"어느 쪽 눈이 아프시죠.?"

"왼쪽 눈이요"

"나는 오른쪽 눈 전문의입니다. 왼쪽 눈 전문의에게 찾아 가 보시 죠."

통합의 기능을 상실한 현대 문명은 서로를 단절시켰고, 서로를 이해할 수 없게 하였다. 그리하여 한 부분 그 자체를 전체로 생각하게 하였다. 그 결과 미분화의 세계에서 분화의 세계로 나아간 현대문명 속에서 현대인은 자기의 정체성을 잃고 고독과 소외 속에서 방황하게 되었다. 곰과 호랑이와 인간이 미분화된 채 함께 살아가던 신화의 세계를 상실하게 되었다. 성적을 비관해 자살을 하는 청소년, 얼마 안 되는 돈 때문에 남을 해치는 사람, 가난을 비관해 세상을 등지는 사람, 타인의 주장을 무시하는 정치인. 그리고 작은 차이를 극복하지 못하고 깨어지는 사랑, 컴퓨터 오락에서 헤어나지 못하는 아이들, 사행성 도박으로 인생을 탕진하는 사람들. 이들은 모두 작은 부분 하나를 전체로 생각하는 분화의 문명이 낳은 현대인의 비극적인 모습이 아닐는지.

우리 주변에는 다양한 종류의 아이스크림과 청량음료가 넘쳐난다. 그러나 그 달콤하고 시원한 맛으로도 분화의 문명 속에서 겪는 현대인의 갈증을 달래주기에는 부족한 듯하다. 그 갈증을 극복하기 위해 아이러니하게도 현대인들은 인간이 그토록 극복하고자 했던 미분화의 세계를 동경하게 되는 것은 아닐까. 그래서 현대인들은 러브스토리와 환타지 소설에 빠져드는 것이 아닐까? 그런데 여기서 한 걸음 더 나아가 극단적으로 미분화를 추구하는 사람들이 있다. 이들은 내가 갖고자 하는 것을 수단방법을 가리지 않고 소유하고자 한다. 그리고 그들은 그렇게 소유한 것이 사랑이든 재물이든 권력이든 간에 나와 미분화되어 있을 때 행복을 느낀다. 이는 분화의 문명이 초래한 또 다른 가치관의 왜곡 현상이 빚어낸 결과일 것이다.

인간이 느끼는 참다운 행복은 서로 관계를 맺고 살아가면서 서로의 가치를 존중하는 데서 비롯된다고 생각된다. 분화를 추구해온 현대 문명이 가져온 문제를 극복하기 위해서는 미분화와 분화가 조화를 이루는 세계를 만들어야 한다. 그래서 적어도 인간이 소외되지 않는 건전한 문명을 이룩해야 한다. 이는 미분화의 가치관을 현대 문명에 접목시키는 것에서부터 시작되어야 하지 않을까?

다음에는 여러 종류의 아이스크림을 한데 섞어 마치 비빔밥에서 느끼는 통합의 오묘한 맛을 음미해보리라. 이렇게 생각하니 내 발걸음이 한결 가벼워졌다.

diya3@hanmail.net

경향신문 신춘문예(시 부문) '아직도 거기서'로 당선(1962)
「한국문인」 신인상 수필부문 등단(2004)
한국문인협회, 한국수필가협회, 한국기독시인협회 회원

유년의 우수, 고드름

고드름 고드름 수정 고드름
고드름 따다가
각시님 영창의 발을 엮어요

고드름에는 유년 시절의 우수가 담겨 있다. 초가지붕이나 짚가리 위에 매달려 있는 고드름은 내 어린 시절의 뜰 위에 넘치는 슬픔이다. 수정처럼 투명하게 주렁주렁 처마 끝이나 짚단 위에 매달리는 고드름은 보기만 해도 차가워서 싫다.

고드름이 열리는 계절은 겨울이 깊어가는 한겨울이고 대개는 겨울 방학 중이다. 영하 5도 이하로 내려가는 매서운 추위가 며칠씩 계속돼야 고드름이 열린다. 그렇지 않아도 마을은 한겨울의 정적 속에 잠겨있는데 고드름이 보이기 시작하면 마을은 더 깊은 적막 속으로 침잠해버린다.

고드름이 열리기 시작하면 추운 탓으로 아이들은 밖으로 나오지 못하고 따뜻한 아랫목의 화롯가에 둘러 앉아 추위를 쫓는다. 울타리 안의 메마른 밤나무를 흔들고 앞산 쪽으로 도망가는 바람 소리가 을씨년스럽다.

햇빛이라도 쏟아지는 날이면 덜 하지만 날이 흐려 구름이 해를 가리면 울타리를 따라 듬성듬성 매달린 고드름이 뼛속까지 차게 한다. 앞산 쪽으로 달아나버린 바람들이 내년 봄이면 다시 아지랑이를 몰고 제대로 올는지도 걱정스럽다. 우리들은 말이 없다. 앞산으로 해가 기울면 점심을 굶는 아이들이 밖으로 나와 지붕 위에 매달린 고드름을 따서 배를 채우기도 한다. 고드름이 뱃속에 들어가면 너무 차가워 차가움을 이겨내기 위해 또래 아이들은 고드름을 따서 멀리 던지기 시합을 하기도 한다.

가을걷이가 끝난 텅 빈 채마밭으로 고드름을 던지면 기다란 고드름은 산산조각이 나고 만다. 누가 던진 고드름이 더 잘게 깨졌는가를 두고 아이들은 시합을 하고 깔깔거리며 즐거워 한다. 아이들이 고드름을 따서 던지는 것은 겨울이 가져오는 무료함을 달래고 배고픔을 잊기 위해서이다. 고드름을 깨는 데는 큰 의미가 있는 것이 아니다. 그냥 깨보는 것이다.

고드름 중에서 나를 가장 슬프게 하는 고드름은 등 너머로 시집 간 큰누나네 집 사랑채 추녀 끝에 매달려 있는 고드름이다. 터울이 낮았던 나는 밑의 동생과는 두 살 차이였고, 그래서 나는 유년 시절을 거의 큰누나 품에서 자라다시피 했다. 나는 큰누나를 유난히도 따랐고 큰누나 역시 나를 어여뻐했다. 큰누나는 누나가 아니라 엄마였다.

나는 누나 품에서 컸고 자다가도 내 옆에 누나가 없으면 누나가 올 때까지 계속 울었다. 어머니가 달래도 소용 없었다. 친구들과 잠시 놀러나갔던 누나가 돌아오지 않으면 나는 툇마루에 앉아 누나를 부르며 서럽게 울었다. 달빛이 하얗게 쏟아지는 마당 끝에 앉아서

울기도 했다. 그래도 어머니는 나를 그대로 내버려 뒀다. 왜 그렇게 누나를 따랐는지 지금 생각해도 알 수가 없다. 그렇게 따르던 누나가 등 너머 마을로 시집을 간 것은 내게는 큰 충격이었고 큰 슬픔이었다. 시집간 누나는 일 년에 한두 번 우리 집을 오는데 누나가 오는 날을 손꼽아 기다리는 것이 큰 기쁨이기도 했다. 그래도 다행인 것은 누나가 시집 간 집이 우리 집에서 그렇게 멀지를 않다는 점이다.

누나를 기다리다가 누나가 못 견디게 보고 싶으면 나는 누나네 집이 보이는 산등성이에 올라 나무 뒤에 숨어 누나가 돼지 밥이라도 주려고 대문 밖으로 나올 때까지 기다리기도 했다. 어린 나이였지만 시집간 누나를 찾아 함부로 사돈댁을 가서는 안 된다는 얘기를 들었기 때문에 먼발치로만 누나의 모습을 지켜보곤 했다.

우리 집보다 크고 마당도 넓고 지붕도 큼지막한 누나네 집은 우리 집보다 고드름도 더 많이 열렸다. 햇살이 따뜻한 정오쯤 되면 고드름이 녹아서 낙숫물이 되고, 또 어떤 것들은 무게를 지탱하지 못해 뚝뚝 떨어지곤 한다. 낙숫물 소리와 고드름 떨어지는 소리는 산등성이의 내 귀에까지 들린다. 낙숫물 소리가 가져다주는 허전함과 고드름이 떨어지는 적막감에서 나는 끝 모를 비애에 젖어들곤 했다. 그러면 나는 속으로 예의 고드름 노래를 중얼거리곤 한다.

그런데 나는 '각시님 영창의 발을 엮어요'를 제일 싫어했다. '각시님'은 인형으로 만든 홍각시의 모습을 연상시키기 때문이다. 나는 각시라는 구절이 싫었다. 각시는 처녀 귀신을 상징하는 것처럼 생각되기 때문이다. 그 당시만 해도 농로길 삼거리에는 굿이나 푸닥거리를 한 집에서 무당들이 잡은 귀신(홍각시)을 유리병에 담아 묻는 것을 흔히 보았다. 홍각시는 처녀 귀신을 가리키는 것으로 짚으로 만든 인형에 빨간 옷을 입혀 묻었다. 그래서 각시란 말만 들어도 섬뜩했고 우리들은 길을 가다가도 귀신을 잡아 가둔 유리병을 밟지 않고 건너뛰곤 했다. 나는 '큰누나 영창의 발을 엮어요' 로 고쳐서 읊조리면서도 마음속으로는 기분이 영 언짢았다. 왜냐 하면 저렇게 차가운 고드름으로 발을 엮으면 얼마나 추울까 하는 생각 때문이었다.

　나는 나무 뒤에 숨어서 파란 하늘을 쳐다보면서 천길 낭떠러지로 떨어지는 슬픔을 느낀다. 먼발치에서 돼지 밥을 주러 나온 누나를 두 번쯤 보고 나면 발이 시리고 매서운 겨울바람이 섶으로 스며든다. 그러노라면 어느덧 해도 기울기 시작하고 낙숫물 소리도 멈추고 고드름도 떨어지지 않는다. 다시 얼기 시작하는 것이다. 그리고 천지에는 정적이 가득 찬다. 일체의 소리는 숨죽이고 그 말갛던 한낮의 푸른 하늘마저도 삼켜버린 고드름에는 내 유년 시절의 그림자가 서린다. 어느 날 그 정적은 내 마음 속에서 천년의 고독이 되고 말았다. 내 문학의 고향은 우수의 오솔길이다.

만년필萬年筆

　나는 지금도 만년필로 글을 쓴다. 워드 작업이 서툴기도 하지만 원고는 만년필로 쓰지 않으면 왠지 불안해서이다. 그리고 2백자 원고지 위에 생각을 펼쳐야지 컴퓨터에 내 생각을 넣었다가 문자화하면, 머리에서 가슴으로 가슴에서 손으로 흐른 따스한 체온이 식어버린 것 같아 싫다.

　만년필로 글을 쓰기 시작한 것은 대학교에 입학한 문학청년 시절부터이다. 내가 만년필을 사용하기 시작한 때만 해도 국산 만년필은 있지도 않았고 대부분의 만년필은 미군 부대 피엑스PX에서 흘러나온 일종의 부정외래품이었는데, 값도 만만치가 않았다. 그래서 만년필은 시계와 마찬가지로 소매치기들이 눈독들이고 낚아채는 물건 중의 하나였다. 미군 부대를 통해 흘러나온 만년필은 소매치기들을 통해 만년필 노점상들에게 넘어갔다가 실수요자들에게 가는 것이 거의 정해진 코스였다. 등록금 내기에도 어려웠던 시절, 나는 절약절약하여 마침내 동대문 시장 근처 노점상에서 만년필을 샀다.

　'파카 21' 만년필. 그 만년필을 처음 내 손에 넣었을 때의 감격이란 필설로 표현하기 어려운 것이었다. 어느 소매치기가 노점상에 넘긴 장물일지도 모르지만 그날 밤 나는 잠을 제대로 잘 수가 없었다. 이 만년필로 글만 쓰면 바로 유명한 시인이 되고 소설가가 될 것 같은 기분에 들떠 있었다.

만년필을 처음 구입한 이후 지금까지 만년필이 내 몸에서 떠난 적은 거의 없다. 만년필은 나의 분신이 아니라 내 몸의 일부분으로 자리 잡은 지 오래다. 군에 입대해서 영하 20도가 넘는 향로봉 고지에서 보초를 설 때는 물론 잡지사와 출판사 일을 하는 동안에도 만년필은 내 왼쪽 상의 윗주머니에 꽂혀 있었다.

나는 한 달 5만 부 이상 발행하는 잡지를 30여년 간 내 손으로 만들었는데 하루 평균 2백자 원고지 20여장씩을 매일 만년필로 글을 썼다. 그리고 매월 5만부의 잡지를 인쇄해도 좋다는 오케이 사인을 한 것도 이 만년필이었다. 60~70년대 그 어려운 시절에 나는 조그만 잡지사 편집국장을 하며 우리 다섯 식구를 먹여 살렸고, 아이들은 대학교 대학원까지 졸업시켰다. 그것을 가능하게 한 것은 내가 아니라 만년필이었다. 한 달 발행부수가 5만부면 1년이면 60만부, 30년이면 1,800만부, 나는 30년 이상 원 없이 글을 썼고 원 없이 매월 베스트셀러를 발행한 셈이다. 읽히는 잡지 5만부가 되기 위해서는 만년필과 더불어 피와 땀을 쏟는 남다른 노력이 필요했다. 새벽 다섯 시면 일어나서 만년필과 대화하고 출근해서 의자에 앉으면 일곱 시 30분, 그렇게 30년의 세월이 쌓였다.

몇 년 전 나는 위출혈로 피를 토하고 병원 응급실로 실려 갔는데 응급차에 실려 가기 전 몰래 만년필을 챙겨서 주머니에 넣었다. 아마 아내나 아이들이 이를 봤다면 그렇지 않아도 책 만드는 스트레스가 쌓여 객혈까지 이르렀는데 만년필을 버리지 않으면 피가 멈추지 않을 것이라고 만년필을 갖다 버릴지도 모를 것 같아 나는 식구들 몰래 이를 챙긴 것이다.

지금도 10개 정도의 만년필을 갖고 있다. 아니 갖고 있는 것이 아니라 이들은 내 정신세계 안에서 나와 함께 숨 쉬며 생활한다. 만년필마다 이들이 내 품 안으로 오기까지의 사연이 다르다. 그리고 만년필마다 그 특성이 다르며 그 특성들은 용케도 내 마음도 읽고 내 맘에 드는 글꼴을 만들어준다. 어느 것은 글꼴을 아름답게 만들고, 어느 것은 글꼴은 별로인데 잉크를 고르게 흘려줘서 글 쓰는데 안정감을 주고, 촉이 굵은 파카 만년필은 법률이나 논설문장을 쓰는 데 적합하다. 촉이 가는 몽블랑 만년필은 아무 종이에나 써도 퍼지지 않아 시를 쓰는데 적격이다. 촉이 매우 가는 국산 파일럿 만년필은 원고지 몇 장을 쓰면 싫증이 나기 때문에 긴 문장을 쓸 때는 촉이 굵고 잉크가 매끄럽게 쏟아지는 놈이라야 적격이다.

그리고 '파카 65 만년필'은 미국에 갔던 친구가 특별히 내게 선물하기 위해 몇 시간 동안 로스앤젤레스 시내를 뒤져 사온 것이기에 애정이 가고, 또 싱가포르 국제공항에서 큰딸 아이가 사온 만년필은 볼 때마다 큰아이의 얼굴이 떠올라 좋은 글을 써야지 다짐하면서 글을 쓰고……. 그 10개의 만년필들은 각각의 개성을 뽐내며 내 마음 안에서 독특한 집을 짓고 나와 함께 하고 있다.

이 가운데 내가 가장 애착을 갖는 만년필은 파카 중의 파카인 '파카 65' 만년필이다. 멀리 미국에서 온 만년필이기도 하지만 내 손을 떠났다가 돌아온 만년필이기에 잃어버렸던 자식을 되찾아 함께 사는 것처럼 이 만년필을 볼 때마다 더욱 정겹다.

10년 전쯤 춘천 지방에 출장을 갔다가 깜박하는 사이에 택시 안에 만년필을 두고 내렸다. 택시 번호도 모르니 나는 택시에서 내리

자마자 이 만년필에 대한 미련을 아예 접었었다. 그런데 춘천 바닥에서 잃어버린 만년필이 기적처럼 내게 돌아왔다. 춘천에서 돌아온 후 일주일이 다 할 무렵 춘천에서 택배가 하나 날라 왔다. 그것도 우체국 택배가 아니라 일부러 사람이 가지고 온 인편 택배였다. 그런데 택배를 풀러보니 아뿔싸 1주일 전에 잃어버린 만년필이 아닌가.

국장님 놀라셨죠.
마침 민원실에 들렀다가 국장님 만년필인줄 한눈에 알아보고 택배로 보냅니다. 경찰 위해 좋은 글 많이 써 주세요.
OOO 지방청 경감 ×××올림

K경감은 서울에서 경감 승진 시험에 합격하여 춘천에 가서 근무하고 있는 분이다. 나와 자주 대하다 보니 내가 쓰는 만년필을 기억하게 되었고, 우연히 민원실에 들렀다가 마침 운전사가 신고하는 것을 보고 한눈에 내 만년필인 줄을 알고 이를 챙겨서 보내온 것이다. 택시 운전기사는 나를 지방경찰청 정문까지 태워다 준 분이다. 내가 내린 후 차에 떨어진 만년필을 보고 버릴까 하다가 아들에게 보여주고 물어보니 꽤 값이 나갈 것이라는 얘기를 들어 며칠 후 경찰관서에 신고하게 되었다. 지방경찰청 정문 앞에 내려줬으니 경찰관이거나 아니면 경찰관련 일을 하는 분일 것이라고 생각하고 지방경찰청 정문에 근무 중인 전경에게 신고한 것이다. 우여곡절 끝에 만년필이 내게 되돌아왔다.
나는 지금도 글이 잘 안 써지거나 일이 잘 풀리지 않을 때는 책상

위에 가지런하게 놓여있는 열 개의 만년필과 대화를 하며 풀어나간
다.

　나는 아침마다 오늘은 어느 놈하고 함께 할까 생각하면서 만년필
을 선택한다. 회사가 어떤 일로 위기를 맞았거나 글이 풀리질 않았
을 때, 그리고 자료를 찾는데 꽉 막히었을 때 만년필에게 기도하듯
이 다가가면 만년필은 슬며시 해답을 제시한다. 만년필은 나를 지
탱해 주는 생활의 도구이며 내 마음을 잡아주는 생명의 끈이다.

정재춘

jaake@hanmail.net

방송대 영문과 졸업
현 추계예대 문예창작대학원 재학중
이음새 에세이문학회 회원

맥스웰 김치병

"아빠, 왜 안 드셔요?" 열다섯 큰 딸애가 묻는다.

"응, 요즘 들어 아빠가 한 음식은 맛이 없어. 쳐다보기도 싫으니 어쩌지?"

"원래 음식을 오래 하다보면 자기가 한 음식은 쳐다보기도 싫어지는 법이래요."

뒤늦게 학문에 뜻을 두어 대학원에 진학하면서 집에 들어앉게 된 아비를 사뭇 의젓한 체하며 위로하는 아이가 대견스럽다. 언제부턴가 처녀태가 나는 큰아이, 맏이 키울 때에 비하면 거저 자라준 것 같은 음전한 둘째 아이의 순한 웃음에서 더께 앉은 지난 삼십여 년의 세월을 들춰본다.

"혜인아, 등교할 때 버스 타니? 아님 걸어가니? 집에서 멀지 않으니까 걸어가도 되겠다."

삼선교 근방의 여학교를 다니는 큰애는 안암동 집에서 걸어 다니기엔 먼 거리라며 볼멘소리를 한다.

나도 중학시절엔 삼선교까지 버스를 타고 등교했었는데.

삼십여 년 전 까까머리 중학교 2학년이던 아빠는 월곡동에서 종암동까지 걸어 나와 면목동에서 수색을 경유하는, 몇 번이었더라?

맞다. 95번! 그래, 그 구십오 번 버스에 매달리다시피 해서 삼선교까지 매일 등교하곤 했단다. 도심 변두리를 빠짐없이 경유하던 그 버스는 새벽부터 하루를 시작해야하는 근로자들과 등교하는 그 자녀들이 이른 아침부터 뒤엉켜 그야말로 발 디딜 틈조차 없는 콩나물시루였지. 생각해보렴, 지금처럼 대중교통이 다양하게 발달되지도 않았을 뿐만 아니라 자가용은 만나 보지도, 만나 볼 수도 없는 부자들이나 타는 것이었을 때니까. 그래서 일터로, 학교로 가야하는 모든 이들은 버스와 지하철(그것도 1호선 정도)로 몰려 새벽부터 출근과 등교시간이 지날 무렵인 아홉 시까지 항상 북적북적 시달려야했어. 그런데 그 만원버스를 타고 다녀야하는 고통 중에서도 가장 참을 수 없었던 건 바로 냄새였지.

아! 냄새……. 버스 안에서 나던 온갖 종류의 출처를 알 수 없는 그 악취. 게다가 여름이면 단 한순간도 숨을 쉬고 싶지 않을 정도로 진동하던, 자주 세탁치 않은 옷과 씻지 않은 몸에서 나는 땀 냄새가 뒤섞인 그 악취, 그 고통! 결국 아빠는 걸어서 등교하기로 맘먹었단다. 얼마나 근사하니? 평소보다 조금만 더 일찍 일어나면 그 지긋지긋한 만원버스에 시달릴 필요 없이 유유자적 큰길을 따라 가겟집도 기웃대 볼 수 있고, 콩나물시루에서 고생할 친구들을 떠올리며 고소해 할 수도 있으니 얼마나 신이 났겠어!

아참, 이 얘길 빠뜨렸네. 너흰 학교에서 급식을 해서 도시락을 안 싸지만 그 때는 각자 도시락을 다 싸갔거든. 물론 사정이 있어 못 싸는 경우도 더러 있었지만 말야. ……그런데 버스에서 나는 그 악취의 주범 중에 하나가 바로 도시락 반찬냄새였어. 잘 익은 김치는 먹기엔 맛나지만 그 국물이 흘렀거나 해서 책이나 가방에 배면 냄새가 정말 지독하거든. 거기다 젓갈을 써서 맛을 낸 김치라면 그 냄새가 오죽했겠어. 어휴 말로 어떻게 다 설명해? 생각만 해도 코를 틀어막고 싶어진다. 얘들아, 으이구…….

어, 얘기가 삼천포로 빠졌네? 아무튼 그렇게 한 일주일동안 행복을 만끽하며 걸어서 학교에 갔어. 그런데 그게 한 번 재미가 들리니까 집에도 걸어오고 싶어지더라. 아침엔 등교 시간에 쫓기기도 하고 가방의 무게도 무거우니까 걸어가는 게 조금은 부담스럽고 그랬는데 학교 파하면 한결 마음이 가벼워지는 거야. 가방도 훨씬 가볍고 그래서 삼선교에서 월곡동까지 털레털레 온갖 구경 다하며 천천히 집으로 가곤 했어.

물론 너희 학교 여학생들을 힐끔힐끔 훔쳐보기도 했지. 아빠 다니던 남학교랑 네가 다니는 여학교랑 길을 사이에 두고 서로 쳐다보듯 위치해 있잖니. 너희들 맨날 "아휴 그 남학교 애들 넘 못생겼어!" 하잖니. 그 때도 그랬어. 우린 너희 싫다고 말하고, 너흰 우리 후졌다고 싫어하고 속으론 관심 있으면서 아닌 척 새침 떨고 그랬지.

그런데 어느 날은 학교 정문 비탈을 지나 삼선교 대로를 무심히 걷고 있는데 길 건너에서도 눈에 확 띌 정도로 얼굴이 아주 하얀 여학생이 버스를 기다리고 있는 거야. 왜 그런 거 있잖니? 예쁘거나 잘 생긴 이성은 어디에서도 눈에 쏙 들어오는 거. 그 애가 그랬나 봐. 평소 그렇게 촌스럽다 생각했던 감색치마와 흰 블라우스, 너희 교복이 그렇게 깨끗하고 정갈해 보일 수 없었어. 거기에 희다 못해 푸른빛이 도는 그 얼굴이라니.

그 후로도 그 애하고 아빠는 학교 파하는 시간이 비슷해서인지 계속 마주치게 되었고 종종 학교 앞 루비콘강(?)을 사이에 두고 그 애를 바라보곤 했다. 어떤 때는 아주 잠시, 어떤 때는 한참동안 버스를 기다리는 그 애를 건너다보았어. 그리곤 알 수 없는(지금은 그저 웃음만) 묘한 감동에 돌아오는 길이 마냥 행복했었지.

"아빠, 그래서, 응? 그래서 그 여학생하고 사귀게 됐어? 그 언니. 아니지. 그 아줌마 집은 어디였는데 응? 이렇게 쉽게 로맨스가 이뤄지면 재미없는데. 그냥 중딩 시절 아빠의 연애애기잖아."

"그렇게 끝났으면 좋게? 그래서 삶이 잔인한 거야. 뭔 소린지 너흰 모르겠지만."

"우리가 모르긴 왜 몰라? 그러니까 깨졌구나. 좋아하다가 아님 말도 못 걸어보고 혼자만 끙끙대다가 끝났구나! 히히!"

……한 한 달 가까이 걸어서 등하교를 하다 보니 피곤했었을까? 늦잠을 잔 통에 아침도 못 먹고 집을 나섰지. 그 때 아빠 식구들은 각자 알아서 아침을 꾸려나갔거든. 너희 할머니께서 아침을 차려놓으시고 새벽에 나가시면 삼형제가 함께 아침을 먹고 제각기 학교를 갔었지. 각자 다른 시간에. 그 날은 평소보다 한 시간이나 늦어서 버스를 탈 수밖에 다른 선택의 여지가 없었어.

그날따라 승객은 왜 그렇게 많다니? 한 동안 맘 편히 걸어 다니다가 그 날 구십오 번 버스 타서 다시 시달리니까 정말 괴로웠어. 거기다 아빠의 도시락 반찬은 늘 김치뿐이었거든. 사실 아빤 가방에 들어있는 그 김치냄새가 싫어서 버스를 타기 싫어했는지도 몰라. 남에게 줄 그 불쾌감이 싫어서, 기분 나쁜 표정으로 의심스럽게 쳐다보는 사람들의 눈길이 창피스러워서.

　……입구도 하나뿐이었던 버스 정거장을 저만치 벗어나서 사람을 꼭 뛰어가게 만들었던 그 버스. 매달리다시피 기어올라 안내양 누나의 야멸찬 밀침에 통조림 속 꽁치마냥 서로 포개지고 밀착되던 승객들, 그리고 나. 버스 문짝에 두 팔을 벌리고 승객을 온몸으로 밀쳐 넣으며 발악하듯 외치는 안내양누나. 그리고 출발을 알리는 '오라이' 소리.

　내릴 때가 되었는데도 꼼짝도 못하고 있던 아빠는 몸을 옆으로 비틀어 사정없이 문 쪽으로 대쉬했어. 그래 가까스로 전진을 거듭해서 겨우 문 쪽으로 다가갔는데 책가방이 사람 틈에 걸려 빠져나오지 못하는 거야. 어쩌겠어? 온힘을 다해 책가방을 빼내려 잡아당기고 흔들고 그랬지. 그런데 그 순간 가방에 밀려 한 여학생이 밀려 나오고 그 여학생 가방과 내 가방이 맞물려서 쫙 소리가 나면서 찢어지더라고. 근데 아빠 책가방 속 내용물만 쏟아져 나온 거 있지. 글쎄 그 바람에 김치가 담긴 냄새나는 작은 커피병까지 또르르 발앞으로 굴러 오고 있더란 말야.
　……그 애였어. 희다 못해 푸른빛이 도는 그 아이의 얼굴이 당황스러움에 어쩔 줄 몰라 더 새파랗게 사색이 되어서……. 가방에 매달려 내 앞으로 쏠리듯 마주선 그 여학생을 본 순간 세상이 노랗게 물 들더라구. 왜냐구? 그 여학생이 갑자기 내 앞에 나와서 기뻐서 그랬냐구? 좋아하던 사람이 눈앞에 나타나서? 아니야. 그건 김치냄새가 진동하는 작은 커피병 때문이었어. 하필이면 그 냄새나는…… 아빠가 가장 수치스러워하던 유일한 도시락 반찬인 묵은 김치가 담긴 군내 나는 작은 커피병. 그런데, 그런데……그 창피하고

냄새나는 김치병이 모두가 보는 앞에 나뒹굴고 거기에 챙피하게도, 하필이면 그 여학생 앞에…… 거기에 또 그 여자애는 그걸 주우려고…….

　"아이고 배야. 아이고 하하. 그래서, 아빠! 그래서…… 김치병이 두 개였더란 말야? 그것두 똑같은 모양의 커피병에 담긴? 아이고 웃겨! 그 여학생아줌마 얼마나 황당했을까? 웬 이상한 중딩 녀석이 남의 김치병을 뺏어갔으니 말야. 아이고 웃겨. 와─하하하!"

　자지러지는 두 아이를 무심히 바라보다 점심시간, 가방 속에 김치병이 두 개인 상황을 이해하지 못해 한참을 들여다보고 있는 중딩녀석이 떠올라 가슴 끝이 아려왔다. 가방과 책에 밴 김치냄새가 죽기보다 싫었던 중학 이학년 녀석은 그 후로도 사 년을 더, 유일한 도시락 반찬인 작은 커피병 속의 김치를 먹을 수밖에 없었지만, 삼십 년이 더 지난 지금은 아이들을 위해 스스로 준비한 음식이 물릴 때마다 물에 밥을 말아 어김없이 김치만을 반찬으로 끼니를 때우곤 한다. 추억의 맥스웰 김치병을 떠올리며.

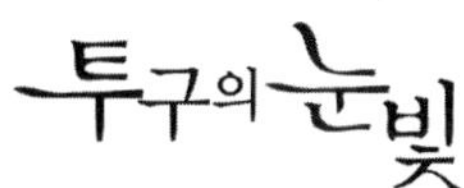

투구의 눈빛

2009년 12월 10일 1판 1쇄 발행

지은이·〈이음새〉 에세이문학회
발행인·이선우
펴낸곳·도서출판 선우미디어
등록 | 1997. 8. 7 제300-1997-148호
110-070 서울시 종로구 내수동 75 용비어천가 1435호
☎ 2272-3351, 3352 팩스: 2272-5540
sunwoome@hanmail.net

Printed in Korea ⓒ 2009. 〈이음새〉 에세이문학회

값 10,000원

※ 잘못된 책은 바꿔 드립니다.
※ 저자와의 협의하에 인지 생략합니다.

ISBN 89-5658-233-5 03810